DISSECADO

AARON SALLES TORRES

DISSECADO

2ª edição

GEORGOIS
Livros

Dissecado
Editado em Três Lagoas, dezembro de 2024

Por questões conceituais inspiradas pela obra do alfabetizador Paulo Freire e discutidas no trabalho "Inferno & Danação", de Aaron Salles Torres, a grafia não segue necessariamente o Acordo Ortográfico da Língua Portuguesa de 1990, que entrou em vigor no Brasil em 2009.

Revisão de textos: Maria Antonieta de Deus Canelas Anastácio, Regina Oliveira e Sandra Garcia
Capa: Stephanie Tonenberg, F. Pedro-Cyrino
Projeto gráfico e diagramação: SGuerra Design

Dados Internacionais de Catalogação na Publicação (CIP)
(Bibliotecária Eliane de Freitas Leite – CRB-8/8415)

Salles Torres, Aaron

Dissecado / Aaron Salles Torres. — 2.ed. — Três Lagoas (MS) : Georgois Livros, 2023.

176 p.; 14x21 cm
ISBN: 978-65-998761-4-1

1. Ética. 2. Existencialismo na literatura. 3. Homicídio. 4. Imprensa. 5. Masculinidade. 6. Romance brasileiro. I. Título.

23-161777 CDD B869.3

Índices para catálogo sistemático
1. Ética.
2. Existencialismo na literatura.
3. Homicídio.
4. Imprensa.
5. Masculinidade.
6. Romance brasileiro.

“Sim, minha força está na solidão. Não tenho medo nem de chuvas tempestivas nem de grandes ventanias soltas, pois eu também sou o escuro da noite.”

Clarice Lispector

PREFÁCIO

A VISÃO DO MUNDO CÃO

Um pai esquece o filho deficiente no carro. Lembra-se tarde demais, quando o garoto passava desta para uma melhor. Entra em pânico pela rua, carregando o garoto. A vizinhança se choca, fotografa, chama ambulância. Ele presta depoimento na delegacia. Enfrenta a horda de repórteres sensacionalistas, tornando-se uma marionete da notícia. Até desabafar: "Matei meu filho, porra."

Esse é o ponto de partida para Aaron nos apresentar, no livro *Dissecado*, um mundo sórdido, cruel, corrupto, insensível, de gente que faz parte de uma grande máquina para sugar a tragédia alheia. A princípio, parecemos ser dominados por psicopatas obstinados que nos prestam serviços, servidores públicos como o promotor que tem ligações com o mundo cão. Mas, na verdade, o autor nos leva para dentro das mentes de personagens descritos com tamanha precisão, que passamos a acreditar neles.

Um pai que tem o luto devassado, um médico-legista que disseca o cadáver do seu filho com a precisão de Michelangelo. Todo procedimento técnico é descrito já no primeiro capítulo do romance. O garoto tem partes arrancadas e separadas (rins, fígado, traqueia, intestino), é esvaziado e preenchido como um espantalho. Depois, maquiado para o funeral, fica mais rosado do que quando vivia.

O legista, em sua mesa de trabalho, vê um espetáculo: onde há morte, ele vê luz; onde há vísceras, ele adivinha a espalhafatosa última refeição; imagina o que o cadáver sentiria, ao ser levado morto por aqueles corredores; vê as últimas lembranças que a vida lhe deixara grudadas na pele.

Fica excitado com sua mesinha de ferramentas, impecavelmente limpa, ansioso por abrir aquela pele, rasgar ao meio, como um milagre de Moisés, no formato de um Y macabro. A ansiedade é tanta que até lhe ataca a asma. Sente orgulho de conhecer a intimidade das entranhas dos seus mortos. Injeta formol pelas artérias. Passa o molho embalsamador e cobre Vítor com o mais grosseiro algodão.

No nascimento, o sangue do menino o intoxicou. Enquanto o pai passou a vida sem ganhar muito – um funcionário público aprovado por mérito próprio, que pagou seus pecados já na gravidez. O pai sempre culpou a inveja alheia e o mau-olhado pelas moléstias da criança, cultivou ódio por todos aqueles que ao menino se dirigiam. Passou a repudiar a religião e criou ódio por Deus. Havia um complô do mundo contra a sua felicidade e procriação. Foi-lhe incumbida a tarefa de, na solidão, enfrentar tal desgraça. Sem favores do alto.

A vida não foi fácil. O menino teve uma gravidez acompanhada de menstruações. Nasceu deformado, como um milagre, menino que não deveria vir ao mundo. Virou o xodó de todos. Em termos. O pai, o homem concursado e dos carimbos de uma repartição pública, nunca na verdade se conformou com a surpresa (ou peça) que lhe aprontaram.

Apresentadores de TV obesos, de bigodes tingidos, com as cordas vocais gastas pelo cigarro, veem naquele caso, ou melhor, notícia, a chance de prover ao seu povo telespectador, que come arroz, feijão e bife malpassado, alimento para as almas tristes. Acostumado? Diariamente, a imundice precisa estar nas telas de TV, nas capas de jornais, nos cliques dos fotógrafos, como porcos no lamaçal. Devoram todo o lixo atirado, enquanto os programas explodem em audiência.

Então, o promotor, aliado à bandidagem, que está com a mulher e a empregada grávidas, ou "esposempregada", como ele diz, a quem chama de Tanajura, faz planos para abandonar uma e fugir com a outra. Por certo, ela acelera a decadência moral intelectual que faz baixar o já diminuto nível da sociedade ao seu redor, que o coloca em destaque, "tal qual o rio que seca e revela em seu leito barrento os peixes moribundos em agonia fétida".

Verdadeiramente, o estado putrefato das coisas se pronuncia em sua alma e passa os limites de seu corpo, gerando um asco que sua ética deveria causar, mas não causa. Seu hálito possui a pugna ânsia requintada do enxofre e o rastro insistente da amônia, revoltando até o estômago da amante subornada. Dorme ao lado da sua Formiga carregadeira. Mas ela própria vive repetindo que ele deve mesmo é ordenhar o sistema, enquanto seu cunhado costuma atirar inimigos vivos para o deleite de jacarés paraguaios.

Todos são corruptos e criminosos, inclusive os juízes, mas estão no comando. São a voz e as mãos do povo. Todo o sistema é podre. A vida fede. Não é um livro adocicado para o conforto das pálpebras. É para impactar, causar dúvidas sobre o altruísmo humano.

Marcelo Rubens Paiva

CAPÍTULO 1

Deitou-o sobre o leito frio que havia muito estava vago. O corpo, morno, malemolente. Mal podia esperar para se debruçar sobre ele e o tocar em todos os lugares, sentir-se próximo. Iriam compartilhar segredos, histórias guardadas mesmo de si próprios. Antes de o despir, parou para analisar o quão belo era sobre a cama metálica. Com as lentes e depois sem as lentes de seus óculos, analisou-o sob outras perspectivas. Depois através do copo da água que bebia. Sem o copo d'água. A ilusão da luz que refratava fazia-o convexo. Suas próprias digitais deixadas para trás, oleosas, sujavam a imagem em pontos aleatórios. O corpo coberto, pudico. Projetava-se sobre ele.

Tomava notas. Não poderia deixar escapar detalhe. Guardá-lo-ia em sua memória em um espaço todo especial, mas não somente na memória. Mesmo que suas palavras não fossem necessárias ou requisitadas, fazia juras de amor infindo e incondicional. Não era por completo verdadeiro — em sua mente calculada, não podia se esquecer da [todavia, irrelevante] possibilidade de que viesse a se decepcionar. Então, lembrar-se-ia dele com rancor e frustração eternos. O pensamento ocupou-o por um minuto inteiro e o desviou de seu foco. O calendário que sempre mantinha — em dia —, na parede, relembrou-o: era 13 de maio. Outrora, comemoravam esse dia em várias praças e mercados. Então, quem festejava era ele, embora fosse holandês e estrangeiro até a raiz dos cabelos. Era um desvalido, estranho e excluído.

O paciente continuava a esperar por suas mãos experientes e profissionais. Cliente. Não pagava, mas era cliente e para ser substituído seria uma questão de minutos, aparecesse o substituto ou não. Minutos em horas. Que vulto negro era aquele homem às sombras da sala, surpreendendo-se em seu espelho pequeno, dependurado na parede branca, suja e manchada. Observava a esquecer de sua própria existência, assustando-se a se pegar em flagrante em atividade tão voyeurística de excitante. Em sua barriga saliente pousava o bloquinho. Seu jaleco branco, infalível, refletia a rara luz central e iluminava suas próprias palavras. Era egocêntrico em sua miserável desimportância.

Que tolo seria se negasse a si próprio o pouco prazer que podia obter por meio de sua insignificante posição. Delegara-se uma função secundária e rara. Quando matematicamente se questionava a respeito do assunto, sentia-se masoquista até que se lembrava de que era estrangeiro, entretanto nunca desejara ser imigrante. Seria aquela a sua sorte até que desse a falar as línguas ancestrais. Sua cabeça sempre fora pequena em contraste com seu corpo, particularmente o ventre impregnado de ideias. Seus filhos não tinham faces, não eram passíveis de serem localizados além de serem inomináveis.

Tomava tento nos trajes dele. Tanto o admirava, que se esquecia de despi-lo. Ele encontrava-se não somente vestido, como ainda semicoberto pelo tecido asséptico, duro e plastificado, azulado do branco frio e impessoal. Com cuidado, descobriu-o: era tão pequeno naquele leito formal e intimidante. Jamais cresceria. Ao contrário, o diminuído cliente afundava entre os braços de seu repouso temporário, que servia não para o fazer confortável, mas para o isolar e a seus fluidos corporais. Despossuído e suscetível àquelas mãos adeptas do sadismo e da salvação pelas respostas. Por herança, aquele ser, agora ainda mais menino e indefeso naquela cama metálica, era um fraco.

Os pés largos e chatos, que noutras horas se espalmavam no chão sem rumo e preguiçosos, agora arroxeavam com o frio. Dedos arredondados longos, rasteiros, projetados para galgar terreno com o mínimo esforço, apontavam para cima, inclinados ao centro se tocando. Era assim que se portavam na maior parte do tempo, descansando sobre qualquer tecido sintético e quente, refletor, pelo pouco empenho de cada dia, que embora diminuto demandava horas de repouso. Custoso era sustentar em pé aquele corpo frouxo, irresoluto que tanto tempo passava recostado nas paredes manchando-as do óleo e do sal de seu suor. O peso espalhava-se do centro para as extremidades daquelas plantas e encardia as bordas de suas havaianas — último recurso para o manter em pé e impedir que despencasse sobre si próprio.

Estalaria no chão como uma fruta semiapodrecida que esquecera de cair do pé ao amadurecer. Talvez nunca tivesse amadurecido. Ele decompusera-se de tão verde e fizera barulho. Sobre os pés repousavam as finas canelas sem batatas que as fizessem notáveis. Acima, a bacia era uma arma pontiaguda que ameaçava perfurar-lhe a pele do abdome. *Gigantescadesproporcional*, como a caixa torácica abaulada e disforme, achatada mais larga até que os ombros que nela se apoiavam — fosse o peito preenchido de vazio ou de ar, era uma massa frágil apesar de ossuda, prestes a estourar a qualquer momento. Provinha de uma linha que por gerações tentava fazer algo de memorável, mas que, de uma maneira ou de outra, sempre acabava por se sabotar — como um balão que explode quando se encontra próximo de chegar às alturas. Talvez não estivesse ciente de que já havia alcançado tal feito. Ou o seu progenitor. Descreveria a si próprio como tendo uma tez morena como a dos mouros. Porém, nada mais era que amarelo da anemia que o consumia e da energia que lhe faltava. Poucos tão fracos haviam conseguido algo tão espantoso de notável.

Iriam julgá-lo — todos os cidadãos de bem e também aqueles que a atenção tentavam desviar de si. Para ele se tornariam todos os olhos curiosos e ávidos de espetáculo, sedentos de distração. Chorariam com ele como haviam feito com Paul Newman e Robert Redford no filme em que morreram juntos no final. Chorariam aos risos, contentes pelas novidades e ansiosos pelas reviravoltas de sua trama. Havia muito, vinham todos os burros aborrecidos, balançando as caudas lenta e desanimadamente, como quem nem sequer se importa mais com as moscas que lhe sentam nos rabos. Os insetos os faziam se sentir queridos e necessários, fontes de alimento mesmo em suas formas mais grosseiras. Comiam quase lixo muitos daqueles burros. Outros, em seus couros pretensiosos, fartavam-se em restaurantes finos de pratos toscos e cheios de gordura, a mesma que se lhes acumulava nas artérias e causava pequenos derrames. Eram juízes, empresários, ruralistas e políticos — homens de decisão. Traziam nos bolsos a imundície de sua ética, com qual sujeira pagavam por aquele banquete.

"Faz chantagem com esse cara. Só é crime se for gravado, só!" — ouviu-se em corredores frios de *você sabe com quem está falando?* Queriam fazer dele uma mina de ouro, da qual cada burro de aparência refinada levaria pesada pepita em ricos cestos de palha trançada. Ele, em seu tamanho tímido e insignificante, nem de longe alcançava o peso dos enormes pedaços do precioso metal que com suas picaretas violentas os pretensiosos, gordos de ambição, arrancavam das paredes cavernosas da pública tragédia. Mesmo no vazio gélido da recém-iniciada inexistência, sua infausta sorte jazia nas mãos assalariadas do pai, pobre coitado que sempre fora digno de pena, um dependente da generosidade alheia. As mesmas mãos que nas recontagens dos fatos o esqueciam no abraço sufocante da morte ditariam se entraria para a versão oficial como um acidente do destino ou uma vítima do descaso. As mãos que contavam as moedas na fila do supermercado após insistentemente baterem nas teclas da calculadora, a pedirem respostas para sua falta de meios.

Os dedos meninos que as pouco habilidosas mãos progenitoras haviam tão apressadamente esculpido forneciam impressões que o legista interpretava. Sedento era o homem por informações, tanto assim que dispensava o servente, ajudante sem instrução que um superior contratara por não compreender o ofício daquele no jaleco. Esmiuçava o homem aquilo que lhe caía nas mãos, desesperado e egoísta de manter tudo para si. Anotava os detalhes, que em noites solitárias e tristes releria para não esquecer. As palavras técnicas e exatas seriam as únicas a lhe fazerem companhia, termos honestos e frios de precisão desumanizante. O que seria do legista sem eles? Tomou a mão direita do guri nas suas — pequena mão, os dígitos acanhados de falta de energia o homem abriu em sua palma. Analisou e gravou no papel as devidas observações. Vez ou outra, fazia registros fotográficos com uma câmera antiga de peças sólidas e gráficos apagados pelo tempo e pela oleosidade da pele de quem a manuseava. Com os olhos atentos, por lentes de óculos ou de máquina estudava a superfície, aumentando a realidade e inventariando minúcias das mais insignificantes. Analisou as vestes e as menores quadrículas dos tecidos — em uma delas a garra de um gato havia aberto um rombo. Meticulosamente filmou tudo o que era visível — no braço direito, uma cicatriz em remissão da picadura de um inseto. Tomou ciência da natureza rala do couro cabeludo dele, que em vida e na meia-idade haveria de ter trazido desgosto e insegurança.

Cuidadosamente, despiu-o em um manuseio de quase carinho. As roupas ainda se encontravam encharcadas de suor, *devagarsecando* no frio daquela sala. Tomou nota da sudorese, que ia das peças mais externas à intimidade da fralda. O corpo ainda mole e com o pouco que lhe restava de calor novamente se acomodava na mesa de dissecção, invadido pela friúra onde o sangue não mais circulava de estagnado. Após ter pesado cada peça de roupa, o legista cuidadosamente colocou-as em sacos individualmente identificados. Novamente pesou o pequeno cadáver, desta vez nu, e preencheu a lacuna de um de seus formulários com os números. Pairavam sobre sua consciência os muitos instrumentos que teria à sua disposição naquele início de noite — instrumentos que o homem mesmo adquirira com seu limitado ordenado de funcionário público e que compunham uma completa sala de examinações, comparável aos locais de trabalho dos mais respeitados profissionais na terra natal de seus ancestrais. Em sua especificidade, os instrumentos o excitavam de seu coração palpitar da ânsia, mas precisava se conter por ter a ordem dos passos a seguir. Tirou as medidas do desfalecido, minúsculo corpo. Anotou os dados.

Como fizera com o paciente vestido e, depois, com as vestes em separado, outra vez examinou sob a luz ultravioleta centímetro por centímetro daquele ser, a buscar qualquer coisa que lhe pudesse ter escapado da atenção pela primeira vez. Era tão bela aquela pele, cada vez mais pálida, a refletir surrealismo sob os raios *coloridos-iluminando*. O amarelo de sua fraqueza era tela perfeita para o matiz apurpurado, que em si era espetáculo, mas que dele fazia esplendor. As minúcias se tornando notáveis. Gotículas de óleo da pele graxa que outrora faziam dele grosseiro e brilhoso sob o sol, ora eram numerosos brilhantes que o adornavam. Áreas escurecidas onde a intensa luz tropical já danificava aquela tez se pronunciavam. E vestígios da última e espalhafatosa refeição se faziam perceptíveis. Era um espetáculo no qual o doutor se maravilhava. Mas a luz se apagava e as cortinas se fechavam encerrando o primeiro ato. Com o mesmo tecido em que chegara embrulhado o corpo, cobriu-o o especialista e o guiou pelos corredores vazios até a sala de raios-X.

Gélido era o local por onde passeavam. Se estivesse vivo o pequeno cadáver, deslumbrar-se-ia a se perder no teto alto, branco e sem estrelas desenhando-se sobre si ao comando daquele que empurrava a maca pelos caminhos desconhecidos. Temeria com o rolar abaixo das pequenas rodas de uma rampa inesperada, como se repentinamente se encontrasse em queda livre. E sentiria com palpitações no peito cada irregularidade dos azulejos que não se entendiam sob si. Mas não estava vivo. Não sentia nada. Não ouviu a eventual tosse daqueles impacientes que vinham às portas dos leitos dos seus buscando qualquer novidade, sem conseguir descansar em meio a tanta dor e doença. Tampouco ruiriam em seus tímpanos queixas gemidas, dolorosas ecoadas pelos acamados moribundos, a ralhar com os enfermeiros por agonia que não mais suportavam. Não experimentaria o frio da aflição daquele lugar invadir-lhe os ouvidos, os olhos, as narinas ou o ânus a lhe gelar a alma. Porque estava morto.

A sala era uma câmara fria ocupada por seres robóticos, adornos metálicos e escudos almofadados vermelhos. A maca rangeu pelas rodas e arranhou a porta, pois nesta não havia ninguém para abrir passagem. Tão logo entrou, saiu o legista a apalpar as paredes e acionar interruptores — preparava o recinto para seu encontro romântico e somente depois rolou para dentro seu parceiro, fechando a porta atrás de si. Sob o silêncio imperador, escutava-se sua respiração ofegante ansiosa. Tomou nos braços o seu fetiche, como herói americanizado da década de 1950 antes de se casar com Lois Lane, mudar para o subúrbio e engordar cinquenta quilos. Colocou o corpo sobre o leito metálico do aparelho, ajeitando-o na primeira posição em que seria registrado. Era um artista que compunha uma fotografia e manipulava meticulosamente seu objeto de forma que ficasse perfeito para a eternidade. Posicionou-se atrás da parede protetora e apertou o botão pela primeira vez. Clique após clique, dobrava-o em forma milimetricamente calculada, perfeita, e então outra, e mais outra. Ele se revelava naquelas polaroides de raio-X. Começava a parecer um brinquedo sob seu controle, tal qual um boneco em mãos de ventríloquo.

Revestiu o objeto em seu pacote protetor e o removeu para seu covil. Em breve, iria se fartar dele com seus talheres cirúrgicos. Desembrulhou e depositou a presa, nua como viera ao mundo não havia muitos anos, novamente sobre a mesa. Sua boca salivava em antecipação, o líquido escorrendo feito lágrimas pelos cantos. Pelo momento, no entanto, subjugava-se novamente a seus metódicos e infindos preparativos, masoquista que era. Questionava-se em seu perfeccionismo e se certificava de que todos os dados coletados estavam corretos. Com o gravador em mãos, tirou novas medidas e registrou o peso que apontava a balança. Eternizou em fita detalhes importantes e dados óbvios, quase banais. De tal forma mergulhou-se naquela tarefa que muitos aborreceria, perdeu a noção do tempo. Já era tarde da noite, mas nem sequer havia iniciado a fase mais exaustiva de seus trabalhos. Reconheceu a existência do relógio. Apressou-se para ditar o que possuía em mente. Trocou o gravador por uma esponja embebida em mistura de álcool e água.

Era o último passo que separava o doutor de seu tão aguardado refestelo. Cuidadosamente, como uma nova mãe higieniza seu recém-nascido filho com medo de o quebrar, passou o sádico a esfregar a superfície do defunto. Furtava dele as últimas lembranças que a vida lhe deixara grudadas na pele — os resquícios nos cantos dos lábios do último copo de leite que bebera; as gotículas nos antebraços do vidro de molho de tomate que espirraram por acaso. O enxágue químico de vez também arrebatava do pequeno todo o óleo que sob generosa luz se transformara em inúmeras joias. Empobrecia. A cada movimento da esponja, seu exterior perdia mais o brilho que emanava de sua essência — sua pele inanimada com aparência cada vez mais plástica. Definitivamente. Amarelo de falta do sangue que se acumulava em suas costas e nádegas. Objeto de brincar se transformando em boneco terminantemente. Pálido quase transparente. Frágil como fina porcelana. Macio aos poucos endurecendo pela rigidez da morte. A disciplina aceitava, passivo, das mãos brutas do doutor, cuidadoso levemente. Pois sua pele não arderia do insistente roçar que a fazia estéril e ainda mais fria. Invadido era em sulcos, dobras e orifícios mais íntimos. Limpo, mereceu do guardião seu último travesseiro — não algo macio a que pudesse se agarrar em busca de conforto, mas um bloco duro e volumoso que se lhe colocou sob o lombo de forma a que seus braços, pescoço e cabeça pendessem para trás. Fazia-o mais vulnerável.

Os olhos do sádico brilharam de desejo e excitação. Arrastou para perto sua mesinha de ferramentas impecavelmente limpa, prateada de aço inoxidável. Possuía ali também um canetão com o qual marcaria de azul o traçado exato da incisão. Mas não mais conseguia se ater a tais profissionalismos. Sua mão tremia ansiosa. Agarrou o bisturi. A pele do pequeno se abriu diante do instrumento como o mar a Moisés, do ombro até a pelve pré-pubescente, e então do outro ombro, em formato de um Y macabro. O pouco tecido adiposo subcutâneo se revelou de pronto. Raras gotas de sangue escorreram da parte superior do corte por suas costas, pela cama metálica. Ainda com o escalpelo, continuou o doutor a escavar o côncavo do Y até que a pele se desprendesse totalmente do músculo. Cavou então sob esta, soltando-a totalmente do corpo para além do pescoço até a porção inferior da mandíbula. Pousou a pele morta e frouxa sobre o rosto do menino, como se fosse um lenço de mau gosto. Descobertos estavam os órgãos do colo. Como um açougueiro que separa nos pontos exatos os cortes diferentes de carne, não se deu por satisfeito e continuou pela perna do Y, libertando todo o couro de sua rija disposição natural. Ao aproximar-se da pelve com o instrumento, expuseram-se as entranhas em desordem, escapando de sua complexa organização. Não se deteve o sádico. Retornou ao topo da perna e completamente desprendeu a pele de um lado, virando-a do avesso como uma capa protetora sobre os braços disformes. Cortou o diafragma. Repetiu o processo do outro lado. A cavidade peritoneal se exibia; os intestinos escorregaram pelos cantos. Por fim, com um alicate grotesco em aparência, porém preciso em função, cortou as costelas esquerdas e, então, as direitas, e com o bisturi terminou de romper o que restava de músculo. Removeu aquela tampa obsoleta. O pequeno estava exposto.

Precisou parar para lançar mão de seu inalador. A ansiedade era tanta, atacava-lhe a asma e o peito palpitava. Sob a luz torta e sombria daquela sala, teve então a oportunidade de apreciar sua obra. Era primoroso aquele início de trabalho de dissecção. O objeto sangrava tão pouco, era como se mal pudesse aguardar por aquele momento, em que detalhes dos mais irrelevantes ganhavam significado. Cuidadosamente arreganhado estava, esperando pelo doutor e sua salvação. Voltou o holandês para sua obra. Como sinal de devoção, arrancou-lhe o apêndice e o separou em um canto — era sua forma de dizer que não o confundiria com nenhum outro. Talhou a artéria pulmonar em busca de trombos, dos quais nem vestígio encontrou. Um por um, passou a remover os órgãos e a esvaziar o pequeno. Roubou seu coração, que saiu escorregadio em suas luvas a pingar outrora precioso líquido pelo chão frio. Decepando os brônquios, levou um pulmão e depois o outro. Formava-se na carcaça inútil esvaziando-se uma poça de sangue como uma banheira imunda. Reparou no muco saído das vias respiratórias, mas não se deteve. Removeu o pericárdio, a que seguiram o fígado deslizante e o baço, fábrica das células avermelhadas que agora jaziam pelos fundos, em desuso. Com uma presilha, prendeu a saída do duodeno de maneira a usurpar do pequeno os seus intestinos asseadamente. O bisturi rompendo com seus insistentes movimentos todas as ligações naquele corpo que um dia o sustentaram, uma estrutura presa à outra. Após as tripas, as glândulas suprarrenais. Perfurou a cápsula e libertou o rim de seu dono, e depois mais um. Rasgou os tecidos desde a base da boca de maneira que pudesse examinar os elementos do pescoço. Língua, laringe, faringe, traqueia, esôfago, aorta. Cordas vocais para sempre silenciadas. Cosmeticamente escalpelou o boneco. Com uma serra violentamente exata, fendeu do crânio uma larga tigela, a qual com uma chave-alavanca separou da dura-máter. Rompeu os nervos oculares, entre outros, e o tentório e a medula espinhal. Com as mãos de quem recebe um bebê na luz, segurou tão delicado cérebro e o extraiu do receptáculo onde a Criação o havia posto. Sentiu a cruel necessidade de arrancar também a dura-máter de sua afinidade com o crânio, à procura de fraturas. Sangue também se empoçava lá, como lágrimas que choram para dentro. Abandonou o boneco jazendo arregaçado sobre a mesa. O menino era um oco.

Pesando e fatiando os seus órgãos, conhecia-o em seus pormenores. Impossível era não se lembrar desses momentos íntimos com seus pacientes quando picava pedaços de carne em sua cozinha de antiguidade decadente. O cheiro exalado das entranhas de seus mortos invadia-lhe a memória e o fazia orgulhoso pelo privilégio de conhecê-los na sua intimidade, escrevendo através de suas análises a última história de suas vidas. Comparava as aparências e as texturas daqueles cortes do açougue a seus defuntos. O conhecimento angariado naquelas aulas práticas em suas atividades culinárias não seria encontrado em livro nenhum. Sentia-se enriquecido como profissional e mais digno da responsabilidade que seus clientes depositavam em si. A aparência raquítica dos tecidos daquele boneco o remetia a deliciosas porções de vitela que já tivera a oportunidade de pôr para cozer. Apreciava enormemente o sabor laboriosamente construído daqueles pequenos bovinos sofridos e doentios, entregues aos frigoríficos por fazendeiros que não acreditavam em sua sobrevivência e que esperavam que ninguém reconhecesse suas doenças. Mas o holandês reconhecia. Equiparava a sofisticação daquele paladar às uvas que cresciam em terras de sol raro no hemisfério norte e que, maturando a seu próprio passo, produziam delicados e opulentos vinhos. A morte precoce do menino imprimia em seu corpo o histórico de sua vida difícil e dava valor incalculável a sua carne. Ricos eram ele e o holandês, que o conhecia por dentro.

"Mata, mata, mata... mata! Mata, que eu quero comer" — dizia um tio alcoólatra infância afora do legista, referindo-se a qualquer bicho que o aprouvesse, em mil nacos, em um espeto. Também o doutor, em menino, tomava sua parte no prato do tio glutão. Desta vez, no entanto, não poderia o holandês saciar seu estômago com aquele banquete preparado por outrem. Suas notas se amontoavam na prancheta e por todos os cantos da sala. O líquido vital do menino — sangue, linfa e água — escorria por suas luvas e manchava de pálido vermelho amarronzado as páginas do papel em locais arbitrários. Estava exausto. Apanhou um copo de água ionizada, pois sofria dos rins, e sentou-se na cadeira velha. As luvas azuis contaminavam de morte também o copo. Sentia as dores que anunciavam um novo cálculo. O suor molhava a camisa cheia de bicos e transparecia no jaleco na dobra acima de sua rotunda barriga. Estendeu as pernas gordas de inchadas. Soltou pela boca um pouco do cansaço. Obrigado a você! Como sabia que era o meu aniversário? Sorriu. Elevou o copo em brinde e sorveu. Avistou, esquecido sobre uma mesa no canto, o maço de cigarros do ajudante. A mesa se desmanchava em ciscos de madeira prensada na umidade daquela sala. Pensou em fumar um para comemorar, mas se decidiu por não fazê-lo. Era esse o hábito do tio após cada banquete. Mas ele, o holandês, tinha ojeriza a prazeres que deixassem vestígios e não desejava manchar de nicotina os pulmões, por mais que apreciasse a inebriante fumaça. Deixou-se observar sua obra-prima, máximo símbolo da ciência bem aplicada. A pequena carcaça continuava arregaçada sobre o leito metálico como a havia posto, e as suas vísceras picadas, sobre uma bandeja plástica. Estavam já todas amontoadas umas sobre as outras, pois assim ia se desfazendo delas ao terminar cada exame. Era como se ele se preparasse para cozinhar deliciosa sopa. Mas desta já se havia deleitado — serviria o caldo somente ao pequeno. Ligou o rádio e se distraiu. Dançou só pelo mórbido cômodo. *Aquela colcha de retalhos que tu fizeste...*

Era hora de recompor o objeto. Em duas estocadas com ferramenta em formato de arpão, pôs a esvaziar o menino. Como cálice que havia escavado, possuía sangue aguado na parte inferior do crânio e do abdome. O suco escoava pelo leito e através do dreno caía no ralo mais abaixo. Enquanto pela velocidade fluida da água esperava, colocou-se o holandês a organizar seus documentos. Mas o sangue se acumulava no chão imundo e não se ia pelos canos. O sádico limpou o crivo de amontoados de cabelo e outros dejetos e o menino, por fim, escorreu. Quando em sua concavidade restava apenas sinal dos líquidos anêmicos que outrora o haviam preenchido, o doutor enxugou tal pessoa em cratera com papel-toalha. Aqueles restos de carne e osso se desidratavam mais a cada segundo e se assemelhavam a porco que se põe inteiro no espeto. Mas seu destino era cozimento brando no forno da terra. O holandês sabia disso e, altruísta que era, queria que o menino tivesse a melhor das aparências em sua viagem pela barca do inferno. Assim, não havendo naquela cidade profissional que o embalsamasse como se empalha os bichos que se pendura nas paredes, ganharia do patologista em pessoa o tratamento mumificante.

Estando o cadáver do moleque quase seco por dentro, injetou-lhe o holandês formol nas artérias que ainda possuía no corpo — na veia cava que, decepada na parte inferior do abdome, ainda seguia dali para baixo para as pernas. O molho embalsamador era aplicado em vários pontos diferentes daquele leitão. Por uma artéria entrava o produto, e pela respectiva veia saía o pouco sangue que naquele corpo ainda restava. Exercitava os membros do moleque para que o formol penetrasse por igual os tecidos e secava o líquido humano que o produto químico deslocava. Então, com chumaços de algodão umedecidos no produto, entupiu os orifícios do pequeno, de dentro para fora. E revestiu seu interior com manta de tapeceiro também levemente embebida no químico — branco algodão que cobria o interior do cadáver como neve sinistra. As entranhas picadas foram imersas no preparado, secas, postas em saco selado de se congelar comida na cozinha, e socadas no buraco que era o menino. Cobriu com mais do grosseiro algodão e tampou com o pedaço emaranhado de osso que um dia fora a caixa torácica dele. A pele descolada e caída dos lados, e virada pelo avesso como echarpe sobre a face, desvirou e costurou, com pontos grossos e largos, sobre aquela panela improvisada. Era um Y de alfaiataria negra e repugnante. Por fim, costurou-lhe por dentro os lábios de forma que sua boca não pendurasse aberta a revelar a falta de língua e de tudo que era humano naquele oco cavoucado. Cobriu o rombo da cabeça com a chapeleta que consistia o pedaço de crânio que removera. E juntou por cima os pedaços de pele frouxa, unindo-os com agulha e linha de costura por trás da orelha e debaixo do cabelo, onde olhos nenhuns haveriam de querer ver. Estava preparada a sopa que serviria ao pequeno leitão em vasilha dele próprio. Bastaria levar ao calor da carneira.

A música parecia romper as barreiras das caixas do antiquado sistema de som. Cantarolava e ensaiava passos o holandês. Abriu a porta e, depositada ali do lado de fora, estava a sacola com as roupas do menino que providenciara a família dele — assim pedira ao guarda, para que não o interrompesse. Lavou o corpo em líquido estéril, esfregando os locais onde o sangue coagulara. Outrora sendo esfregado pelo pai com similar vigor, choraria o moleque. Como não chorou, o holandês enxaguou a cama metálica e secou o exterior do cadáver com papel. Um tanto menos imundo o menino, vestiu-o naquelas roupinhas minúsculas. Mal se podiam ver através delas os cortes não cicatrizados. Estava exausto o legista. Bocejou, mas também suspirou de orgulho pelo serviço bem-feito. Galos cantavam a receber as altas horas da madrugada. Faltavam somente os últimos toques do artista da ciência — assim se julgava o patologista — e não daria o trabalho por terminado enquanto não estivesse tudo perfeito.

Livrou-se das sórdidas luvas azuis. Passeou os olhos pela sala a procurar seu amontoado de pertences pessoais. Avivou-se quando distinguiu sua pochete, objeto de couro barato, surrado e negro. Abriu o zíper de metal fino e retorcido e do interior espirrou um amontoado de papéis que, de socados ali havia tanto tempo, desmanchavam-se nas dobras. Enfiou os dedos inchados a vasculhar o interior, onde encontrou o estojo de maquiagem comprado secretamente na internet. Não era sempre que fazia aquilo, pois não desejava que o dessem por afetado. Utilizava o kit somente em casos especiais, como era o sucesso daquele objeto que ele queria fazer de peça de presépio. Estava a criança na manjedoura, pálida e rija. Com cuidado, pincelando poços de pós coloridos esfarelados que secavam por falta de uso, ia o patologista a pintar aquela carcaça preservada com recheio. Assim, como fotógrafos aplicados que tentavam dar vida a fotografias em preto e branco antes da invenção da cor. Logo, o pequeno estava ruborizado com a última peça que pregara em todos, esbanjando saúde inexistente. Os olhos do holandês ardiam de oleosidade e exaustão. Ligou para a casa funerária: que o viessem buscar. Sua obra estava completa. Estava montado o espantalho.

[illegible] encontr[illegible] de [illegible]
sobrecarregado com a [illegible] que pregava [illegible],
acentuando sua [illegible]
de [illegible] para a [illegible]
[illegible]
[illegible]

CAPÍTULO

2

Quem visse o espantalho deitado em seu eterno leito de madeira se surpreenderia com sua aparência saudável. Ora, aprumara em morte? Ainda um embrião, mal tivera a energia para se fixar às paredes uterinas da mãe. A cada passo dela, escorregava ele mais um pouco, incapaz de se firmar na corda bamba de sua vida. A mulher menstruou nos primeiros tempos da gestação, de não saber que estava grávida. Suspeitou somente pelo calombo que crescia em sua barriga. Temeu ser um câncer agigantado e correu em busca de socorro médico. Então, deram-lhe a querida notícia, que havia muito aguardava, e a encaminharam para o ginecologista. Passou a mulher o restante da gravidez deitada em uma cama, avisada pelo médico e temendo que por qualquer motivo bobo sua cria fosse se desprender de seu ventre e deslizar pelo vale da morte. De fato, mesmo com toda a cautela, o ninho do pequeno sangrou inúmeras vezes, ocasiões em que a prenha foi carregada às pressas por um marido atônito à sala de emergência do hospital.

A maternidade não era tão romântica quanto a haviam feito crer. Pelas noites urrava de dor como se um bicho grudasse em suas entranhas em desespero violento. E na hora do parto sentiu-se rasgar por dentro e quase morreu. O menino não queria sair e ela teve de o expulsar sozinha. Dor.

O pequeno passou os primeiros dias de sua existência no hospital, pois seu sangue era acometido por tom amarelado que o intoxicava. Seus criadores, de um lado, rezavam enquanto ele, do outro, mal resistia. Por conta dele, o pai, tendo em vista as dificuldades financeiras que as contas do hospital acarretavam, por pouco não teve de abandonar os estudos. Trabalhava dias inteiros, nos intervalos ia ao hospital e no meio-tempo entre um trajeto e outro, ou nas horas em que deveria estar dormindo, debruçava-se sobre os livros. Mesmo assim, seus esforços mal foram suficientes para obter as notas de que precisava. Pequeno burguês que era, ainda assim teve de ser convencido pela mãe a participar da formatura. Tomou do irmão dinheiro emprestado para pagar a última prestação do festejo e dessa forma pôde levar a beca para casa.

O pai do espantalho era um homem de pequenos triunfos, atendo-se às mais insignificantes coisas como se fossem grandes feitos. Investia memórias em *tranquilharias* variadas que colecionava, perdidas em sua desorganização. Carregava-as consigo em caixas, junto a seus poucos pertences, quando era enxotado de casa em casa, sempre a depender da generosidade alheia. Menino crescido buscava uma mãe em cada pessoa, a tentar encontrar amor e atenção que nunca tivera, nem mesmo na infância. E se apegava a primos, colegas e namoradas a despejar neles a responsabilidade de sua tola existência. Levando em sua mente vida rica de tão imaginativa, muito diferente de sua realidade, mergulhava nos alfarrábios a memorizá-los com gula. Sobressaía-se na escola de fazer orgulho a qualquer mãe, menos à sua própria. Desprezo e ódio era o que ela lhe ofertava, pois era mulato e havia puxado ao pai, e era desajeitado e feio. Não se parecia em nada com ela, que era branca e um dia fora bela de achar que teria um futuro, mas se casara com um vendedor de bilhetes de trem. O pai do espantalho, assim, crescera relegado a qualquer quarto de bagunças das abaláveis casas de madeira em que habitaram, isolado em suas pretensões intelectuais. A mãe preferia o filho mais alvo; e o pai o julgava um maricas, e se estranhava com ele e o tratava aos bofetões. Os irmãos e mesmo as irmãs riam-se dele e o desconsideravam como se tivesse sido encontrado em lata de lixo.

De dia, recebia os láureos e a aprovação dos mestres por sua dedicação aos estudos e, à noite, chorava com a cabeça enfiada no travesseiro por sua solidão e pela falta de afeto. Não tinha amigos, apenas os que zombavam dele e os que queriam tirar proveito, tomando emprestado o dinheiro que o rapaz guardava para comprar um livro e gastando em lanches de que ele se privava. Nunca devolviam. Ele, no entanto, jamais cobrava, esperando que tal generosidade fosse obter deles a ternura de que tanto necessitava. Não obtinha. Com perseverança humilde, acabava por conquistar de alguns certa lealdade, mas ainda assim muito pouca.

Quando juntos, os colegas tramavam atrás de suas costas as mais mesquinhas formas de o humilhar. Ele se sentia e chorava escondido, mas achava que a melhor vingança seria continuar sendo quem era e conseguir mais vulto que eles. Não conseguia. Seus êxitos acadêmicos não se traduziam em outros sucessos em sua vida. Daqueles tinham os conhecidos certa inveja, mas acima de tudo tinham quase mais pena dele que de si próprios.

Porque suas notas admiráveis eram resultado do tempo que passava só com os livros, mais que de extraordinária memória. Não era imaginativo de criar soluções ou ganhar prêmios, mas acreditava que ficaria rico um dia como pesquisador em algum laboratório ou como professor universitário. Sua grande habilidade era copiar pedaços de textos científicos respeitados sem tirar nem pôr em suas teses, mesclando-os de forma a fazerem novos sentidos e relembrando-os em suas integralidades em debates, calando oponentes. Tudo isso ele fazia com uma refeição ao dia ou menos, pois vivia de sua bolsa de estudos que mal era suficiente para pagar as contas mais básicas. Aos finais de semana, retornava para a casa dos pais para tentar comer mais um pouco, mas tinha de ir caminhando, pois não podia bancar o bilhete de ônibus. Por não ter dinheiro nem para se manter, era despejado em ciclos regulares por parentes, colegas ou locatários, sem saber de onde viria o próximo rebaixamento. Aos prantos e com sua caixa de trapos, dormia em sofás alheios até que surgisse nova oportunidade de ter um teto sobre sua cabeça.

Da mesma maneira que colecionava memórias cristalizadas em objetos insignificantes, memórias parcialmente fabricadas, o rapaz também colecionava animais de estimação, ou as histórias destes, pois sempre morriam tragicamente. Os bichos ganhava de amigos, ou conhecidos, ou daqueles que achincalhavam dele. Entregavam-nos em suas mãos porque queriam ficar livres, e ele os aceitava porque desejava demonstrar que era capaz de trazer felicidade a alguém, mesmo que não a si próprio. Nunca era bem-sucedido. Os animais como que absorviam, feito esponjas, a desventura de sua vida, e a morte podava da maneira mais cruel e violenta os muitos anos que ainda deveriam ter pela frente. Sofria por eles e se sentia culpado por os haver impregnado com sua má sorte grotesca. Rememorava-os durante as madrugadas, debruçado sobre suas fotografias, e muitas vezes visitava seus pequenos túmulos tal como quem elaborava a morte de um parente ou amigo querido. Eram verdadeiramente seus amigos, os únicos. Quando, por fim, conseguia se acostumar à natureza dos acontecimentos, então recolhia mais um bicho para debaixo de suas despenadas asas, esforçando-se para crer que, então, tudo seria diferente. Mas, não era. O fim horrendo era inevitavelmente o mesmo. E os colegas riam de sua tragédia ridícula por debaixo de seus ares de compreensão, maldosos.

Muito embora não fosse sequer capaz de prover para seus animais de estimação, possuía sonhos ambiciosos de ter muitos filhos, embora não carregasse carga genética preciosa para passar adiante, e as poucas garotas que se aventuravam a se interessar por ele eram sinal disso. Porém, tinha bom coração e se julgava mais capaz de criar seus moleques que muitas pessoas que cruzavam sua vida.

Possuía senso crítico para saber o que os outros faziam de errado, apesar de ele mesmo não ser capaz de fazer certo. Com toda namorada, arrastava pretensões de fazer tudo durar para sempre e de iniciar uma família. Presenteava com ramalhetes de flores, chocolates, ouros. Pagava em prestações para esticar sua bolsa do CNPq. Ainda assim, elas logo se cansavam de sua singeleza material e física e de sua dependência quase filial. Ele se introvertia em sua mágoa e se distraía na presença de seus amigos do grupo jovem da igreja, conquanto em seus dias dedicados à ciência se declarasse quase ateu. Agnóstico. Praticava esportes com os companheiros religiosos; jogava vôlei à sombra de mangueiras do centro paroquial; tentava se extroverter com aqueles que eram católicos demais para deixar transparecer seu desprezo por ele. Mas logo vinha a antiga amiga com seu novo companheiro para tirar o rapaz de seu sossego — e ele retornava à solidão do quarto em que vivia quase de favor, rodeado por seus livros e lembranças *objetificadas*.

Quando obteve o diploma da universidade e as bolsas de estudos não mais eram uma alternativa, sentiu-se expulso de seu ninho. Perdeu-se e as obras científicas não mais vinham em seu resgate. Foi soterrado por contas que não podia pagar e era incapaz de encontrar uma solução imediata para seus problemas, um emprego provisório e aquém de sua capacidade que trouxesse comida à mesa e um teto sobre sua cabeça. Viveu na amargura. E, como um cachorro mortificado, teve de pedir clemência à mãe indiferente e retornar à casa paterna, onde dormia no sofá da sala — suas coisas, guardadas em sacolas de supermercado, enquanto um irmão possuía espaçoso quarto e guarda-roupas. A miséria era indigna de sua dedicação aos escritos, de seus anos de memorização. Outros muito mais incapazes que ele tinham posições confortáveis na vida porque haviam sabido tirar proveito de *empregosfavores* de amigos familiares. Ele não tinha nada disso. Os de sempre se divertiam com sua miséria e ele nada podia fazer senão abaixar a cabeça e pedir ajuda. Desleixado e mal nutrido, suas últimas boas roupas adquiridas em tempos de mesadas educacionais se desfazendo em repetido uso, mais uma vez voltou-se para os livros. Dia e noite, a evitar o esculacho da família, tentava encontrar distração. Aos domingos, vestia as surradas camisas de linho e calças sociais e andava sem rumo por lojas de luxo em centros de compras. Não levava nada, mas tentava se sentir melhor em meio à elite, sonhando um dia fazer parte dela.

Foi salvo por um concurso público. Em vez de um canto escuro à sombra da família, teria mesa e cadeira só para si em um laboratório do governo. Enquanto outros muitos passavam a vida a ganhar o pão sem fazer muito, o rapaz seria um funcionário público esforçado e digno do salário certo ao final do mês. Obtivera aprovação na prova por mérito próprio, não indicação obscura de algum político amigo da família. Através desses contatos com senadores, deputados e vereadores, colegas muito menos brilhantes dos anos de faculdade haviam conseguido notas muito maiores que as suas nos mesmos testes. Ele não tinha tempo para se revoltar, pois tinha de tratá-los como companheiros de trabalho. E tentava se esquecer dos problemas enquanto os que haviam conseguido indicação ganhavam promoções salariais frequentes, a manter os pés cruzados em cima de suas mesas. Como sempre estivera acostumado a fazer muito com pouco, o rapaz logo conseguiu sua independência e foi morar sozinho, as camisas de linho e calças sociais se multiplicando, novas, em seu armário. Foi nessa época de vacas gordas que ele adquiriu, também, sua noiva. Era uma jovem como ele, de família simplória e medíocre inteligência. Também como ele, era virgem e tinha sonhos maiores, embora não soubesse como chegar lá.

Decidiram se entregar um ao outro. Iriam fazê-lo com excitação comedida depois do casamento. Durante os meses de noivado, no entanto, passariam as horas juntos na companhia dos amigos do grupo jovem. Em seu âmago, ele temia perdê-la para os mesmos companheiros que haviam lhe tirado as namoradas anteriores, mais garanhões e certos de si que eram. Os católicos conquistadores tentavam, e a moça se enfeitiçava por eles. Mas desta vez seria diferente. E apesar de se sentir bem tentada, a futura esposa não se deixaria levar por aventuras — tinha um futuro garantido ao lado daquele promissor servidor público. Por fim, na data do casamento, toda a reserva dos sentimentos religiosos do casal foi como que justificada. As fotos registraram seu idealismo e singeleza carnal.

A lua de mel passaram na capital empoeirada do estado, cidade distante pela pequenice modesta das grandes ambições dos noivos. Romântica, de tão patética, a primeira noite de amor. Em breve gozo de intimidade, ele caiu arriado ao lado dela. Crentes estavam, no entanto, de que aquele momento passaria para a eternidade através de um fruto no ventre. Pelas dezenas de horas que se seguiram, continuaram extasiados em sua crença irrealista. Mas ao fim dos dias ela sangrou e pôs um fim a tal fervorosa felicidade. A cidade estranha, então, como que se ria deles, a tirar sarro maior que os que haviam experimentado. Perante a histriônica recepção, reduziram-se a bufos que caçoavam de seu próprio devaneio ridículo. Trepavam por obrigação mais que por desejo, como galinha à beira da noite que se retira ao poleiro, escondendo de cobra. O sangue que escorrera pelas calçolas e pernas despreparadas dela manava por seus pesadelos com ares de mau pressentimento. Mas ao término da semana que haviam reservado para si já acumulavam novos planos, encerrado o luto pelo aborto que nunca fora. Nas compras, gastavam, sobretudo, em roupas para o filho que, com fé criam, ganhariam das mãos divinas dentro em breve.

Era o sonho dele mais que dela, e a esposa se comovia pela dedicação extremada do rapaz a uma criança que ainda nem existia. Ele, porém, apesar dos sinais contrários da natureza, continuava a esperar o dia em que poderia trazer a outro ser a ventura que jamais tivera. Mesmo sem qualquer aceno positivo, passava os domingos a reformar o quarto do bebê, preparando-se para as boas novas. O sangue da mulher, em despeito, jorrava cada vez mais forte e era como um rio que passava a cortar sua casa. O lar era separado por aquele curso divisor em duas bandas — de um lado estava ele, cuja esperança envelhecia como a decoração para o filho que nunca chegava. Por fim, um dia o moço não mais comprou bibelôs de seu time favorito de futebol quando ao sábado passaram pelo camelô após a feirinha. As economias que tinham na poupança não mais faziam tanto sentido e questionavam o porquê de tanta privação. Envergonhados já se sentiam, ainda mais que quando o sangue manchara sua lua de mel, como parentes e amigos os olhassem com ares de indagação e os estranhos começassem a enxovalhá-los novamente. Assim, o rapaz decidiu que deveriam visitar um especialista que o tirasse de sua vergonha. A notícia recebida foi mórbida e final: naquele útero seco e retorcido, feto não vingaria. Ele abaixou a cabeça em decepção e nos meses que passaram velou mais uma vez o ser que nunca viera ao mundo. Aos domingos não mais assistia aos jogos do São Paulo.

Então, já dispensava atenções e presentes aos filhos dos conhecidos, crianças da rua e primos. Mimo após mimo, esvaziava o quarto do não nascido de coisinhas e partes da decoração. Demorava-se no trabalho nos fins de tarde porque, ao abrir a porta de casa, o cheiro de menstruação que a tudo tomava o invadia e causava ânsia de vômito. Arranjava desculpas para se esquivar da mulher e se instalar próximo a uma janela. Esperava até que ela fosse se deitar para que pudesse se bastar no banheiro com uma das revistas que trazia a tiracolo na pasta do serviço. Quando dela não podia escapar, era com nojo que desempenhava sua função de marido, brochando a cada vez que sentia o cheiro da podridão que da esposa emanava. No dia seguinte, sempre cortava o seu caminho um conhecido da faculdade, exibindo como troféu um filho recém-nascido a zombar dele. O rapaz via aquilo como um castigo por sua fraqueza. Jurava que não mais se deixaria derrotar daquela maneira. Mas, por mais que tomasse banho, não conseguia se livrar do odor que permanecia por dias. Desta maneira, quando o bojo da mulher começou a crescer, julgou que a esposa estivesse impregnada com sua infelicidade e desgosto. Nem sequer era capaz de continuar a olhar para ela. Secretamente, desejava que fosse um tumor a consumi-la, de forma que ele ficasse livre para encontrar uma nova parceira para casar. Sonhava que, viúvo, engravidava de si mesmo, no orifício de sua alma. E quando a criança nascia, o quarto de bebê era igual ao que ele um dia preparara mas que, naquele momento, encontrava-se saqueado. Acordava e lhe batia uma tristeza.

Quando ouviu nas palavras boçais, porém médicas, de um homem em jaleco que aquele calombo que a mulher desfilava não era o câncer materializado de sua desgraça, porém um ser vivo, o rapaz abateu-se pelo choque. Sentiu-se culpado ao mesmo tempo que temia aquele que era o resultado de atividade sexual que ele próprio achava repugnante. O que deveria esperar de um embrião que fora concebido no nojo? Uma piada? Todas as noites então rezava para que seu herdeiro não carregasse a sorte de um amaldiçoado pelo próprio pai. O cheiro pavoroso havia desaparecido, como varrido por pai-nossos. E se desfazia em gentilezas à esposa, a pedir perdão por seu julgamento antecipado e condenação dela. Voltava cedo do trabalho para dar atenção à gestante. Mais uma vez, sentia-se em casa. Acompanhava o campeonato de futebol e reconstruía o dilapidado patrimônio do quarto do bebê. Não mais passava as noites debruçado sobre uma revista, sentado no vaso do banheiro, pois outra vez possuía meretriz de que podia lançar mão — uma que possuía aliança no anelar esquerdo, tal qual a sua. Seu casamento e sua vida tinham sentido novamente.

Certa noite, porém, ao chegar da rua foi saudado pelo odor de sangue expelido. Retornara e ele de pronto foi tomado por náusea incontrolável. Uma parente da esposa lá estava para levá-la ao hospital, pois não havia conseguido falar no celular dele. Na estrada circular que se tornara sua vida, ele sentia-se traído. Após tanta atenção e cuidado, a mulher expulsava seu filho do ventre. Viu-se tomado pelo ódio. Queria se livrar de suas obrigações de marido e ser esquecido em um canto ventilado da moradia, onde pudesse se recuperar, poupando-se da imagem grotesca daquela mórbida mulher. Mas nunca fora dos mais corajosos e, para não ter sobre si os olhos de desaprovação dos parentes, foi um marido cuidadoso de emergência em emergência. Mantinha as vistas sobre aquela criatura malévola mesmo quando deveria estar dormindo, a policiá-la como só se vigia uma mãe que tem coragem de matar os próprios filhos na calada da noite. Quase inconscientemente, seguia-a pelos cômodos da casa, a verificar o que ela jogava nas latas de lixo e o que tentava esconder. Quando dava por suas ações irracionais, aviltava-se e tentava se convencer de que aqueles ímpetos de aborto não eram culpa dela, que sofria tanto quanto ou mais que ele. Era todo cuidados e a tratava como rainha, seu amor por ela crescendo novamente. Mas, após espreitá-la no banheiro e encontrar vestígios de sangue na latrina, voltava a ser tomado pela raiva, que o consumia enquanto aguardava pelo veredicto médico na antessala do consultório. Mal podia esperar pelo dia em que, com a criança a salvo em seus braços, jogaria aquela desnaturada na sarjeta. Sentir-se-ia satisfeito e vingado de vê-la se acabar em fome e com falta de tudo, tal como tentara fazer com seu filho, seu único filho.

Então, em seu sono nascia um monstro defeituoso, desnutrido pelo desamor materno que vivia a tentar botá-lo para fora, despreparado. Sufocados e retorcidos os seus membros e órgãos, seus olhos tristes e arregalados de cavalo moribundo. O rapaz o pegava em seus braços e o amamentava do próprio peito — a mulher, sentada em uma cadeira de balanço, a se rir de sua falta de habilidade. Ele tentava se livrar da companhia dela, mas a nociva presença o seguia por toda parte. Dormindo, sua agitação subconsciente vinha à tona, chutava e dava socos. Por isso, entenderam ser melhor que ele passasse as noites no chão, de forma que não a golpeasse na já precária barriga. Sentia-se patético ainda mais, e mesmo acordado temia o choque que poderia ser aquele nascimento. Debulhava o rosário com medo de que o ser assombroso de seus pesadelos viesse ao mundo. Implorava a Deus que, antes que fosse aquela a realidade, o aborto se materializasse e o bife saísse diretamente ao cemitério, evitando uma vida de incapacidades físicas ao não nascido e sofrimento ao pobre pai. Em suas inúmeras promessas angustiadas madrugadas afora, jurava nunca mais se deitar com aquela barregã caso fosse perdoado e poupado de uma vida de dor ao lado de deformada cria. Mas o aborto, conquanto continuasse a se anunciar, nunca se materializava. Ele temia tanto o seu destino que, quanto mais a data do parto se aproximava, menos conseguia comer. Era um esqueleto anoréxico, nervoso e assustado.

Por fim, apesar de inúmeras ameaças de um parto prematuro, o menino acabou por se demorar no maligno cálice materno, como que a implorar por mais um pouco de suco nutritivo, mesmo que paradoxalmente tão venenoso. Como não tivesse forças o suficiente para sair por si próprio, teve de ser arrancado, tal como o pai um dia quisera fazer para livrar o filho do poder perverso da mulher. O rapaz, assim como o bebê, enfraquecido pela desnutrição, medo e ansiedade, ainda mais encolhera com aquela espera enervante, mas finalmente se aquietou ao ver com seus olhos que o recém-nascido nada tinha de desfigurado, ao menos em seu exterior. Entretanto, para seu desespero, tão logo saíra ao mundo, a criança foi abatida pela doença, confirmando preocupações paternas quanto a sua saúde geral. O moço, tão atormentado e exausto, que devido às contas médicas teve de começar a fazer bicos e no fim das contas precisou se prender a um segundo emprego, novamente enveredou pela recusa dos alimentos e noites não descansadas. Tomava calmante para dormir e, sem conseguir pregar os olhos, afogava-se em café e efedrina para acordar quando o sol ameaçava sair. Mas ao menos se comoveu com o sofrimento da esposa e apreciou sua dedicação ao menino, alimentando-o com seu precioso leite, que parecia fazê-lo melhor. Notava o quanto era rico e amarelado, e como o garoto era apegado a ele. Um pus nutritivo. Condenou-se por um dia ter vilanizado tanto a esposa e se envergonhava e penitenciava com jejuns. Não era sequer a sombra do que havia sido um dia, seu corpo a devorar as próprias carnes à busca de sustento. Suas pernas eram dois paus finos e raquíticos. Sua cabeça então se agigantava, pois o crânio era sua única parte que não encolhera. Após arrastada agonia, o menino deu sinais de que se firmava na vida, e na noite em que saiu do hospital pela primeira vez, seu pai, enfim, pôde descansar em paz. Levantava ainda algumas vezes no meio da noite para se certificar de que o moleque ainda respirava, mas de manhã acordava outra pessoa, de nem precisar de cafeína.

No quarto tão minuciosamente decorado, o moleque dormindo em seu berço era o adorno perfeito a complementar o vazio. O rapaz então o levava a toda parte, a exibi-lo a conhecidos que antes, dissimuladamente, caçoavam de sua infertilidade. O garoto era espichado e magro e nada possuía de belo, principalmente quando comparado aos filhos alheios, mas mesmo assim inflava aquele orgulho de pai. E o rapaz o vestia com roupas de seu time do coração e espalhava aos quatro ventos que um dia o bebê seria jogador — já tinha as pernas arcadas para isso. Via-se ele na feiura do quase aborto, meio atrasado, como quando fotografado era surpreendido por seus inúmeros defeitos. Espantava-se com as semelhanças. Tinha por si que era muito mais atraente do que mostravam os filmes de 35 mm, e então compreendia o porquê de ser preterido pelo sexo oposto. Impresso na cara do pequeno estava seu desproporcional e horrendo nariz, bico pássaro, corvo esquecido ali por má-formação evolutiva. Na cabeça enorme de balão amarrado na altura do pescoço, o menino guardaria seus segredos, assim como ele escondia os dele, revelando-se aos poucos com a perda dos cabelos. A despeito de não ser exatamente perfeita, aquela criança era sua perpetuação futuro afora, a provável realização de seus sonhos megalomaníacos de funcionário público. Por isso, estava disposto a dançar com a morte em fatigante capoeira para garantir aquela vida menina.

Quando o recém-nascido caiu doente pela segunda vez, o rapaz deu-se conta de que a escuridão estava disposta a realizar impressionante esforço para roubar-lhe o filho e a eternidade. Havia comemorado cedo demais e perdia as noites de sono com pesadelos e a levantar para assistir o garoto. Nunca se havia visto como enfermeiro, porém o diploma em biologia vinha a calhar. Acreditou que era um algo passageiro, e que, estando o menino recuperado, poderia a vida retornar à normalidade. Mas o bebê piorou um pouco mais e, tendo de ser internado por uma semana, apresentou melhora sólida. De volta ao lar, recebeu grandes cuidados dos pais, de um jovem disposto a tudo para evitar que novamente a saúde do herdeiro se esvaísse. Ainda assim, toda a atenção não foi suficiente para evitar que o pequeno tivesse uma recaída e que a doença novamente o invadisse. Por fim, teve alta médica, e logo se deixou abater mais uma vez. Em pouco tempo, suas enfermidades se tornavam ciclos que se aceleravam de tal maneira que o fim de uma passava a ser o começo da seguinte. E os médicos deram-se por desacreditados, pois a cria não apresentava qualquer resistência ou vontade de viver.

De primeiro, o pai culpou a inveja alheia e mau-olhado pelas moléstias da criança, e cultivou ódio por todos aqueles que ao menino dirigiam quaisquer palavras elogiosas ou olhos de admiração. Amaldiçoando os inimigos, ajoelhou-se perante Deus a novamente espremer rosários noites afora. A cada melhora agradecia, somente para se dar conta de que nada havia a comemorar. Todas as suas forças das horas despertas eram dedicadas ao menino, em cuidados ou rezas, e os minutos dormidos eram escassos e insuficientes. Rapidamente, abateu-se ele também com toda aquela miséria. Voltou-se ao Criador com inúmeras perguntas, questionando-se sobre o porquê de tamanho e tão prolongado sofrimento. Mas ninguém lhe providenciava qualquer resposta, e o silêncio infindo passado em corredores de hospital aos poucos o enlouquecia e revoltava. Repudiou a religião e criou ódio pelo Divino. Ateu, enojava-se com o complô do mundo contra a sua felicidade e procriação. A solidão de ter de enfrentar tal desgraça sem favores do alto o amargurou a tal ponto de se tornar também contra a humanidade e o universo. Sem ter a quem pedir apoio, sentia as próprias pernas falharem em fraqueza imensa. A depressão o fazia querer desistir da própria vida assim que a morte lhe roubasse o filho. Estava certo de que isso se daria mais cedo ou mais tarde. Àquela altura dos acontecimentos, todos concordariam consigo, com exceção da esposa. A mulher ainda se agarrava a suas esperanças, apesar de todas as evidências ao contrário, e ele tinha zanga dela também por causa disso. Mas, enfim, como um milagre, o menino de uma hora para a outra pareceu reagir e lutar pela própria existência, e em menos de uma semana havia deixado a UTI e estava de volta em casa. O marido desculpou-se em pensamento com a esposa, que estava certa em acreditar. O filho havia feito jus ao nome. Era mesmo um Victor.

CAPÍTULO

3

Quando o guri deu para o pai seu sorriso amarelo, o homem sentiu o sossego de quem se deita em cama macia e confortável, porém algo havia mudado em si e, por mais que dormisse, não conseguia se livrar da fadiga. Zanzava pelos dias como um peregrino sem destino, sem jamais conseguir encontrar sua inspiração ou motivo de viver. No trabalho, aumentou sua produtividade de impressionar o chefe e quase obter uma promoção, porém mais uma vez sabotou seus próprios esforços quando a depressão roubou-lhe toda a iniciativa. Em sua mesa de canto voltou a se enterrar, porém desta vez não ocupava o tempo com cochilos fora de hora — vivenciava cada minuto com consciência aterradora e exaustiva.

No início, *amusava-se* com o poder de observar nos mínimos detalhes as expressões faciais alheias, que comunicavam coisas de que nem eles próprios estavam cientes. O rapaz, no entanto, podia analisá-los enquanto mexiam suas matracas — os estranhos movimentos de seus olhos, fixados em partes bizarras dos rostos de seus interlocutores; os momentos de estranhamento e desconforto em encontros familiares; a tensão sexual existente entre pares onde não era esperada. A linguagem corporal daqueles ao seu redor formava agora um grande número de dança de um corpo de balé experimental e aparentemente desconexo. Lia as linhas das caras dos cachorros da vizinhança de forma que seus ataques raivosos agora eram previsíveis. E notava o sempre igual padrão de comportamento da mulher pelos dias. Apreciava os batuques dos sambas-canções que desde as rodas pseudointelectuais da faculdade deveria admirar, mas que seus ouvidos bárbaros não captavam. De repente, percebeu que os antigos colegas também não compreendiam. Como eram simples, quase obsoletos, aqueles seres dantes complexos.

Mas como em uma composição de Ludwig, que ele então tocava todas as manhãs de antigos CDs de coletâneas ganhos como brindes em perfumarias, aquela condição prolongava-se de não se poder ver seu fim. Estranhava conseguir enxergar com clareza as patas trançantes dos cavalos puxando antiquadas charretes pelas ruas — haviam inventado a fotografia tentando captar e compreender a ordem naquilo. A seus olhos de então, tudo parecia ser registrado em câmera lenta. Os carimbos vazios de sentido da repartição pública que martelavam sempre a mesma nota em som ensurdecedor. A estupidez sempre vagarosa daqueles que haviam sido aprovados no concurso consigo. A esticada e desconexa conversa da sala de café. O que era aquilo? Podia finalmente ver o motivo de tanto atraso e pobreza. A goteira no canto do escritório, em prédio mal construído e velho, tornara-se uma tortura japonesa de tão cruel. Mas não se encontrava no Japão. Pelo negro de que haviam manchado as ripas do teto, as gotas caíam, uma por uma, no mesmo ponto do chão — que já se encontrava afundado e embranquecido. Uma copeira certa vez tentara colocar um balde ali para aparar os pingos, mas logo desistira. Tamanho o número de funcionários e ninguém para pensar em consertar a telha quebrada mais acima. Pois agora aquelas gotas insistentes o ensandeciam — logo ele, que sempre fora um tanto desequilibrado. Batia com o bico da caneta no papel, ansioso, por antecipação do próximo pingo. Não mais conseguia fingir ler aquele amontoado de papéis que deveria rubricar e carimbar antes de passar ao burocrata à frente. Por fim, em um momento de descanso subiu no telhado, ele mesmo, e trocou a telha. A goteira cessou por uns dias, mas quando recomeçou certa tarde, na manhã seguinte ele ligou ainda de casa para o chefe e se anunciou doente. Estava enfermo com tudo aquilo.

Pelas noites, seus olhos inquietos percorriam o teto do quarto, vermelhos hemorrágicos como as portas em brasas do inferno na face de um demônio. Era também ele um pobre-diabo, aterrado pela minúcia de detalhes de sua realidade esticada. Não sabia o que fizera para merecer aquilo, realismo cruel que matava sua vontade de viver. As energias gastas eram tamanhas, que a exaustão que restava desmoronava entre suas próprias paredes e se autoconsumia de ele não conseguir dormir. E quanto mais passavam os dias, ele acordado, mais tempo e espaço se chocavam e destruíam, rasgados. Com uma faca cortava o ar e via refletido nela seu próprio buraco, anunciando o antes e o depois. Mas, presentemente, nada revelava. Perambulando pela casa como um morto-vivo catatônico, a navegar pelos planos inconsúteis de uma vida em sonho desperto, debruçava-se sobre o parapeito do apartamento em busca de ar. Sentia-se mais palpável respirando o oxigênio que a brisa trazia durante a noite. Sufocava-se naquele prédio decadente e mofado que um dia resolvera habitar, era uma caixa de sapatos. Da janela podia aspirar o mundo do lado de fora, sorver a liberdade do presídio para lá da rua. Nas madrugadas, distraía-se com os presos envoltos em seus atos ilícitos de tão noturnos. Altos e felizes, abrasileirando o sentido do masculino. Seu coração era como o de um viciado de muitas drogas, pulando batidas, vitrola quebrada. Atravessando com os olhos o boulevard perpendicular a sua rua, podia repousá-los na modernista rodoviária, que aos presidiários acenava promessas de um futuro ainda mais descomprometido com códigos societários. Pensava no dia em que se cansassem da vida de desfrutes forçados e, rebelando-se, quisessem tomar o primeiro ônibus para longe dali. Pela paranoia era invadido e sua respiração se tornava ofegante, suas pupilas dilatadas, o corpo quente a dar sinais do coração acelerado e da pressão alta. Sua consternação dava lugar a uma euforia bizarra e seu comportamento se tornava errático, percorrendo o apartamento de um lado para outro como bicho selvagem em jaula de zoológico. Mas então o sol despontava no horizonte e a mulher se levantava no quarto e o encontrava encolhido, deitado na poltrona da sala tentando dormir.

Odiava a mulher cada dia mais, cada vez que ela o forçava a se levantar e o enfiava debaixo do chuveiro para que fosse trabalhar. Ela não se dava àquele luxo de ir à labuta, pois havia temporariamente se afastado do ofício para cuidar do menino. Ainda assim, o rapaz tinha a impressão de que era ele próprio quem mais se dedicava à cria. Minguado como andava, tinha tempo para ver se dormia bem o garoto antes de partir de manhã. O café, xarope preto e amargo que a mulher lhe preparava, era como um refresco em suas manhãs insólitas. Ao volante, com o sol na cara, sentia a alma arder em queimaduras e bolhas e a cabeça querer explodir. Fervia, mas o sol o despertava, entrando firme através de suas pupilas sempre arregaçadas. Golfava na parte de trás da boca diante de sua triste situação. No banheiro imundo da repartição pública, via-se diante do espelho e não podia acreditar na própria magreza — o couro da face tão colado no osso, era como se a grossa barba nascesse diretamente da mandíbula. Sob os olhos, grandes meios-círculos negros e inchados pareciam bolsas a guardar as lágrimas que não mais chorava. O suor que jorrava por seu corpo fazia grudar a camisa a sua forma esquelética, semitransparente revelando os pelos e os mamilos escuros. Tentava se abanar, mas era de pouca utilidade. Surpreendia-lhe o fato de conseguir ainda levantar os carimbos e bater nos papéis e gravar sua assinatura com o peso da caneta, tamanha a finura de seus braços raquíticos. Desperto permanecia por mais meia hora após o choque com sua imagem, mas então, novamente entrava no coma de sempre, em que dormia sentado diante dos maços de documentos. Não sabia como não percebiam os colegas ou o chefe, pois em qualquer empreendimento privado jurava que estaria já no olho da rua. Mas não, ali. Conversando usualmente sobre a vida alheia, caía no mais profundo sono, em que segundos lhe pareciam a eternidade. Depois, apavorado, abria os olhos, mas o cansaço fazia pesar a cabeça sobre o pescoço. A lassidão causava revolta em seu estômago, e à hora do almoço vomitava toda vez que abria a marmita que a mulher lhe preparava. Lavava a boca e fazia o máximo esforço para engolir duas ou três garfadas de alimento, e para isso levava mais tempo que qualquer um no escritório. Não era de surpreender que estivesse tão amarelo.

De quinze em quinze minutos, levantava de sua mesa para beber na copa algo que o despertasse. À beira do bule de café, a servente se desmanchava em suor tentando manter em estoque o precioso líquido. Preto e viscoso. De volta ao seu assento, ele notava que a impossibilidade de dormir que dera lugar ao sono de morte novamente se transformava em sobriedade mental enlouquecedora. Como por feitiço ou maldição, era mais uma vez o zumbi que tudo via — onisciente demais para se prestar a rubricas e carimbadas. Continuava sendo incapaz de vencer o serviço. Foi dessa maneira que perdeu a promoção que o chefe lhe reservava e testemunhou o antigo colega de faculdade ocupar um lugar que não merecia, outra vez. Retornando à casa, pendia de um lado para o outro, perdido, e recomeçava o seu martírio.

Sábado, domingo. Permanecia por horas imóvel no sofá da sala a observar o menino, que ganhava sua independência e começava a se arrastar pelos cômodos, descobrindo os lugares. Tinha grande curiosidade e era ávido por conhecimento. Mas, após poucos centímetros percorridos, sempre fazia longas pausas, exausto e sem ar. Seus olhos se perdiam do mundo, envoltos por negros círculos, e seu frágil e miúdo corpo amolecia ainda mais, como fosse desmaiar. Assim o pequeno continuava por uns bons minutos, como fosse partir daquela vida, mas aos poucos o sangue voltava-lhe à face e, mais corado, exibia largo sorriso e continuava em seu caminho. A mãe e os parentes chamavam-no de arteiro e diziam ser normal que lhe viesse o sono de repente tendo em vista sua contínua inquietação. E riam quando o bebê se surpreendia diante de algum espelho e se espantava e reconhecia. O pai, no entanto, continuamente era abatido por imensa tristeza e culpa, como tivesse certeza de que aquele menino sofresse enormidades. Não era o pequeno que queria partir da vida, mas esta que a todo instante o ameaçava abandonar — e aquela jovem criatura fazia um esforço maior que seu tamanho para que ela ficasse, pelo menos mais um pouco. Certo dia, enquanto o banhava, o rapaz presenciou o menino desfalecer em seus braços, sem qualquer anúncio. Por uns segundos, o miúdo parou de respirar e seus lábios e dedos ficaram roxos. O homem, em desespero, de pronto começou a hiperventilar e se sentiu invadir pelo choro. Mas seus instintos tomaram as rédeas da situação e, tão rápido quanto as lágrimas vieram aos olhos, começou a assoprar na boca do guri, chacoalhando-o para que acordasse. Para seu alívio, o menino acordou, meio perdido, e o rapaz sorriu e o segurou próximo a si até que se recuperasse por completo. "Buscou Deus, não?", perguntava-se repetidamente, católico arrependido. A tensão havia deixado seus braços de pai fracos e seu suor, frio. Nada falou para a mulher.

Mas, quando ainda mal havia terminado de comemorar, sentiu-se invadir pela culpa e desesperança novamente. A pedido da esposa, havia ido ao mercado comprar leite em pó para o filho e lá teve uma crise de pânico. Nunca experimentara de tão perto a morte.

Nas primeiras horas do dia seguinte, escondido da mulher, foi ao médico junto com o menino. No bebê, o doutor nada encontrou além de sua conhecida saúde frágil. Disse que o pequeno talvez se tivesse afogado com a água ou espuma da banheira, do que o pai não imediatamente se apercebera. Para o rapaz, no entanto, o médico prescreveu um calmante para que pudesse voltar a dormir. Alarmou-se com as histórias que ouviu de sua boca sobre o tempo que passava sem sono. E veementemente desaconselhou-o a dirigir ou a mexer com qualquer maquinário. Mas o jovem esclareceu que tinha de colocar comida na mesa de casa e que a esposa também voltara a trabalhar, assim precisava deixá-la no serviço e o menino na creche toda manhã para que pudesse seguir para o próprio serviço. Naquela mesma noite, tomou o calmante, mas este não lhe foi de nenhuma utilidade. Após alguns dias, parou de ir ao trabalho, mas não contou a ninguém. Depois de deixar o bebê na creche, retornava para casa e se sentava no sofá, onde era bombardeado por horrendas alucinações. Sinceramente acreditava que estava ficando louco, pois sentia a morte vir flertar consigo. Por fim, tomou de uma vez todos os comprimidos que restavam na caixa, em ato desesperado para tentar dormir ao menos uma dezena de minutos a fio. Entretanto, para além de o deixarem grogue, os remédios não surtiram efeito.

Como último recurso, colocou-se atrás do volante do carro e, em frenesi drogado, dirigiu até o consultório médico. Implorou para que as secretárias o deixassem vê-lo, apesar de não ter horário marcado. E, na frente do doutor, chorou e clamou por ajuda. Cheio de empatia, o especialista receitou-lhe um medicamento de uso controlado — a tarja preta o confirmava —, o qual o rapaz de pronto comprou e sorveu, ainda mesmo na farmácia. Não soube como chegou em casa. Ao pôr os pés no apartamento, caiu na cama. Aquele fim de tarde a esposa, após muito ligar para o celular dele e para os números de casa e do serviço, acabou pegando carona com a irmã e buscou o bebê no infantário. Preocupada, surpreendeu-se com a profundidade do sono do marido, que somente na noite do dia seguinte levantou-se, a muito custo, para se lavar. A ela, ele disse que tinha qualquer virose e que havia esquecido de contar, mas tirara férias do trabalho. E voltou a dormir, por mais dois dias. Quando acordou, sentiu-se recuperado como havia muito não se sentia, e passou o resto dos dias de folga na companhia do menino para que este, também, descansasse da rotina.

Logo descobriu que tirara sorte grande de iniciante. Mesmo com os comprimidos, eram raras as noites em que conseguisse dormir mais que três horas. Não se intimidava. Eram quase suficientes em comparação com seu martírio anterior. Ademais, ele conseguia cochilar por alguns minutos no carro, durante o almoço no trabalho. Levava as noites não mais em angústia, mas a ler seus livros de biologia enquanto observava o menino dormir. Como ele mudava rapidamente — admirava-se. E era preenchido por imensa ternura e orgulho. Em pouco tempo, o guri estaria a chamá-lo de "pai". O rapaz, então, coraria e de felicidade contaria a todos os colegas e parentes. Via-se naquela criança e queria que ela se visse nele. Era seu pai — em meio a todas as intempéries que haviam sofrido desde seu nascimento, ainda não tivera tempo para se dar conta de tudo o que aquilo significava, da completude que em boas épocas deveria provar. Assim como ele, era um lutador aquele seu filho. Muito se ouvia falar de pessoas de saúde frágil na infância, mas que, crescidos, tornavam-se adultos completamente sãos. Não seria diferente com o menino. Sonhava acordado com o dia em que completaria seu décimo-oitavo aniversário e tudo aquilo ficaria para trás. Seria um indivíduo importante e de sucesso, alguém de quem a história se lembraria. Deixaria sua marca no mundo aquele menino, assim como deixara no ventre materno ao se agarrar com todas as forças para não ser expelido. O futuro do filho dava ao rapaz um sopro de força e esperança.

Mas a mulher não estava contente. Às vezes observava a expressão do rapaz por minutos a fio, para desconforto dele, e então se dizia preocupada. Falava que era preciso que dormisse mais, que comesse melhor, que tomasse melhor conta de sua saúde. O rapaz se esforçava para lembrá-la do quanto estava bem em comparação ao que experimentara anteriormente, e dizia que não se importava em passar as horas insones observando o menino dormir. Aquilo o fazia pleno para o dia seguinte, argumentava. Ela não tinha como questionar seu discurso, porém começou a reclamar que o perambular do marido pela noite não a deixava descansar. Ia pelos dias irritada, e mal se permitia falar com ele, fazendo a todos crer que era seu algoz. Por esse motivo, o rapaz passou a descansar suas três horas diárias no sofá da sala, de forma a não acordar a esposa quando a falta de sono o erguesse. Em pouco tempo, a mulher rogava que não acendesse o abajur no quarto do menino, pois a luz entrava pelas frestas da porta de seu quarto e a incomodava. Por causa dele, ela não mais podia passar as noites em paz. Por ela, ele teve que largar mão das leituras noturnas dos livros de biociência. Somente se permitia observar o sono do filho pela luz natural que da lua invadia o apartamento. Não conseguia imaginar como a mulher poderia arranjar um outro motivo para implicar consigo.

À mesa do café da manhã, ela chamava a atenção para as olheiras dele, ressaltando o quanto ele aparentava abatimento. Lembrava-se de quando o conhecera, de como a tez corada dele a atraíra. Ora ele estava pálido, de um amarelo de doença. Tinha medo de pensar onde ele iria parar. Quando o rapaz voltava do serviço, então interrogava-o a respeito do que comera no almoço, pois a marmita que para ele preparava voltava sempre cheia. Ele argumentava que usava aquela hora no meio do dia para cochilar, e que comia qualquer salgado da cantina durante a tarde. A mulher o advertia sobre o quanto estava magro. Suas coxas finas lembravam as de um velho em seu leito de morte — ele não teria forças para jogar vôlei com os colegas do grupo da igreja, caso alguém o convidasse. E como o marido se distraísse, pois a conversa era sempre a mesma, ela reclamava de sua permanente falta de atenção. O rapaz parecia viver em um outro mundo e ela se envergonhava quando, semanalmente no mercado, deparavam-se com um casal de amigos, pois todos se assombravam com o estado dele e se perguntavam se seu companheiro andava sob o efeito de qualquer tóxico. Não poderia viver eternamente dopado, exclamava ela, pois como esposa já não podia aturar aquela situação. Era a mulher e o homem da casa e não aguentava mais. Assim ele explodia e tentava arrancar dela uma solução para os problemas que insistia em trazer à tona. Pois talvez estivesse mal, mas havia estado muito pior em um passado pouco distante. E fizera o que estava ao seu alcance. Ela respondia que muitas soluções existiam que ele nem sequer tentara, e que o ajudaria a sair daquela situação.

Como ave que não faz ninho, a criatura então passou a gastar grande parte do dia e da noite fora de casa, em busca de salvações. Quando não estava realizando curas no hospital, era certo que estaria na igreja, debulhando terços e ajoelhando novenas. Ao marido não restava, sequer, buscá-la no emprego, pois com os amigos religiosos ela seguia diretamente para as orações. Ao fim dos trabalhos, algum deles a deixava em casa. Chegava com a cara boa, animada e esperançosa, querendo ver já naquela noite melhora no quadro do esposo. Mas caía no sono esperando-o dormir e não o via se levantar. Com os primeiros raios de sol, deixava-se abater ao constatar que ele não amanhecera ao seu lado. Semana após semana, sua fé foi enfraquecendo, ao passo que olhava o marido cada vez mais com olhos de estranhamento. Não mais sentia empatia pela condição dele, seu ódio recalcava e inconscientemente gostaria de o fulminar. Por fim, deixou de ir à igreja e questionou a lealdade divina. Afinal, ela sempre fora sua fiel e Ele a abandonava.

Palavras saíam de suas entranhas como fogo de besta bíblica. Fustigava o marido como se vingasse por ter tido de virar as imagens dos santos de cabeça para baixo casa afora, por não terem correspondido a suas promessas. O demônio agia naquele lar por intermédio dele, tinha certo consigo. Implicava com cada ação do rapaz e agourava seu todo e qualquer intento. Assim foi que o marido cedeu ao fio cortante de sua língua feminina e começou a fingir que dormia enquanto passava horas e horas desperto em sua cama, decorando as fissuras do teto. Por um mês ou mais acreditou que bastasse, mas a irritação dela diminuía mais lentamente que sua desconfiança crescia, e no meio da noite ela então abria os olhos para verificar a respiração dele, leve demais. Fazia qualquer pergunta para o testar. O dia seguinte começava reclamando que não conseguia descansar com ele ali acordado, ouvindo com atenção seus barulhos mais íntimos e relaxados. Atormentado, enfim quase enlouquecido com tanta condenação, o rapaz, ratazana de biblioteca semiagnóstico, porém cristão insistente e externamente envolvido, foi buscar a intervenção de médicos populares.

Os extratos curativos se acumulavam nas prateleiras de sua cozinha proporcionalmente à angústia a que o submetia a demônia que havia colocado em sua própria casa. Ela o levava à loucura. Pastas vegetais, garrafadas, inalativos, misturas variadas que um curandeiro após o outro lhe prescreviam. Plantas inúmeras em torno das quais seres semi-intelectualizados de São Paulo haviam criado religiões, distorcendo antigas tradições indígenas a seu bel-prazer. E como em um dia ou dois não faziam efeito, logo estava ele a visitar outro xamã urbano, combinando os remédios e seus efeitos. Certo dia, fisicamente dormiu. Mas sua mente foi surpreendida por sonho realista espantoso, que como o transportou a dimensão outra.

Era acordado no meio da madrugada pelo som de tambores e pela fumaça embriagante que noites afora emanava do presídio do outro lado da rua. O clarão da lua invadia o apartamento pelo quarto de seu filho e a tudo iluminava e esclarecia as questões mais obscuras da vida. De súbito, era tomado pela necessidade de se fazer ouvir pelo mundo, pois estava certo de que tinha a verdade a expressar. Abria a gaveta da estante, tomava em punho a arma quase enferrujada, invadia o quarto onde a esposa dormia e a tomava como refém. Da janela gritava para que todos ouvissem — e as corujas e os passantes que zanzavam pela noite aos poucos paravam e se acumulavam e esperavam que dissesse o que tinha para dizer. Ele, então, exigia que a esposa reconhecesse diante de todos que o menino era Jesus Cristo encarnado, e que somente Ele poderia tirar dela o demônio que de seu corpo se havia apossado. E com o revólver acariciava o queixo e o pescoço dela, e a diaba quase gostava, assim como apreciava quando ele o fazia na privacidade de seu quarto. Porém, ela não conseguia reconhecer a reencarnação do Cordeiro, pois somente a intenção de pronunciar o nome Dele fazia sua boca se queimar e emitir vapores. De frustração e de medo da polícia que tentava deitar a porta ao chão, o homem então atirava nela e a jogava janela abaixo. Desesperado, tomava o menino nos braços e tentava fugir, mas passando pelo quarto via o espírito da esposa, que chorava, e a ela a necessidade de se desculpar urgia. Era desperto pelo som dos homens que arrombavam o apartamento.

Tolo era o sonho de novamente ser o homem dormido, mesmo que desamparado, que um dia fora. Como uma faca, cortava através de dimensões paralelas a cada passo, e nas ruas não mais diferenciava os vivos dos mortos. Em seu caminho, apenas uma espessa neblina em que pensamentos e emoções permaneciam eternamente em suspensão. Estava ele também enviesado entre a vida e a morte, como pêndulo de um tempo sórdido e amaldiçoado. Temia pregar os olhos e ser surpreendido pelo mesmo pesadelo, que o traumatizara em seu realismo, assim como o apavorava a ideia de ter de passar sem seus remédios — os clínicos e os populares —, pois, paradoxalmente, tinha receio de sem eles sua vida se tornar um inferno. Estava no purgatório.

Como o bafo exasperado da madrugada soprasse constantemente em seu rosto, tirando-lhe o fôlego, o rapaz sentia-se fugir do próprio corpo, empurrado que era pelo demônio que ocupara a carcaça da esposa e que então gostaria de possuir o seu. À distância agora era possível assistir às suas próprias ações, e ao afastamento e à indiferença que haviam se tornado sinônimos de seu comportamento — como um espírito recém-liberto da prisão física que testemunhasse a cena do acidente. De relance, captavam sua atenção os olhos da mulher, que a ele dirigia compaixão totalmente desesperançosa. Chorava ao lado de seus restos mortais, caídos no solo, sabendo que não acordaria. O que faria ela quando soubesse que desde o começo do mês ele não aparecia na repartição? Levava-a ao trabalho, deixava o menino na creche e voltava para casa, onde entrava no transe que durava o dia todo. Seus olhos semifechados se moviam rapidamente tal qual tivesse visões do futuro, mas na realidade era o presente que não permitia que se desatasse. Ao fim da tarde, o alarme tocava incessantemente por uma hora até que ele notasse em seu consciente e se levantasse para buscar a família. O que pensaria a mulher quando descobrisse que o verdadeiro motivo de ele desligar o telefone da parede à noite era para evitar as ligações do chefe? Toda vez que ela reparava, ele culpava o menino. Como agiriam quando o menino chorasse à noite, de fome? Se estivesse em sua sã consciência, dar-se-ia conta de que, mais cedo ou mais tarde, a comida ia faltar.

Aquela manhã, sentia-se ainda pior que de costume. Em sua cabeça a pressão era tamanha, de parecer que o universo todo descansava ali na ponta de uma agulha. Mais zonzo que o habitual, tateou pelo mundo e sentiu como tivesse, enfim, alcançado o inferno. As superfícies queimavam as pontas de seus dedos e seus pés ardiam em brasas. Seu piloto automático começava a falhar. A mulher estava mais nervosa que nunca — e se segurava no carro esperando que a qualquer momento o rapaz invadisse a faixa contrária com o veículo e ali todos encontrassem seu fim. Ele, de fato, mal conseguia manter o veículo no asfalto. O sol estava quente de rachar mamonas e o insultava em seu âmago quando violentava suas pupilas, mesmo estando o rapaz a se esconder — e as olheiras

— com gigantescos óculos ray-ban. Deixou a esposa no trabalho e quase entrou em seu transe diário ali mesmo. Acordou com o fétido cheiro de suor que provinha de seu corpo, do muito tempo que não se banhava. No caminho de volta para casa, assistia a si próprio em um insano jogo de videogame. Precisou usar as mãos, ou não conseguiria escalar as escadas. Antes mesmo de por completo se jogar no sofá, suas visões começaram. Cada desprezível barulho do lado de fora impedia que passasse ao segundo estágio de sono, livrando-o, destarte, de ser confrontado por seus terríveis pesadelos. Mas por um minuto o silêncio completo pairou, e ele por fim dormiu.

Esforçava-se para que a demônia reconhecesse a reencarnação de Jesus Cristo quando um anjo desceu da lua pelos degraus de seu clarão e tomou o menino em seus braços. Ergueu-o aos céus e o povo aplaudiu. A diaba não se calava, no entanto. Por despeito falava coisas horríveis, pela presença do Cordeiro aniquiladas e transformadas em simples toques de telefone. O rapaz atendeu o aparelho de súbito. Na linha, a mulher perguntava o que ele fazia em casa àquela hora do dia, e perguntava se havia deixado o menino na creche. Tinha um mau pressentimento. Desperto, tomado por um desespero que nunca havia vivenciado, o jovem jogou o aparelho de lado e aos gritos desceu as escadas. Aos prantos, atravessou a garagem e abriu a porta do carro que fervia, tomando em seus braços o desfalecido corpo do filho. Mesmo com os olhos embaçados em lágrimas, sabia que ele não estava respirando. Atônito, saiu pela rua clamando por ajuda, embora consigo já tivesse uma certeza: o menino estava morto.

CAPÍTULO

4

O atrito do solado de madeira dos sapatos caros com o piso de granilite compelia a todos com seu som, que ecoava estridente pelos corredores gelados e escuros. Andava com ainda maior autoridade quando trazia junto de si os embrulhos amarronzados, que eram comuns naquelas partes e grandes demonstrativos de *status*. Os subalternos a ele tornavam seus olhos com a admiração invejosa e o temor infundado de sua mentalidade pequeno-burguesa. Possuíam cultura de país instituído por aristocratas e escravos, mas que por golpe armado tentava imitar capitalismo nórdico e puritano. Eram animais perdidos sem ninguém que comandasse a tropa, comemorando seus pequenos feitos de pastagem em pastagem. Grande façanha era a dele, que concluíra um estudo universitário e o soubera aplicar a uma vida profissional. Como aquelas conquistas não houvessem sido o bastante, fora aprovado em disputado concurso público. Era a nata da sociedade e, ao contrário deles, que batiam cartões diariamente em troca de estagnado salário, era premiado por promessas de inação e olhos fechados. Sabiam todos que os pacotes marrons significavam que havia se comportado de forma distraída e pacata, seguindo sua picada e comendo sua grama sem se rebelar com o mau comportamento alheio. Então, percorria os átrios daquela instituição com sorriso largo e maroto, e cumprimentava a todos mesmo já os tendo visto várias vezes no dia. Conheciam perfeitamente o motivo daquela felicidade, mas não ousavam parabenizá-lo, pois, caso a ciência velada fosse rompida, seriam o alvo de sua fúria e de processos de calúnia e difamação. Somente respondiam com discreto aceno de cabeça e tentavam adivinhar se no outro dia apareceria com um terno ou carro novo. Quiçá um convite para churrasco à beira de sua nova piscina no fim do mês. Sonhavam ser como ele, dia em que as fofocas em meio aos carimbos seriam regadas por cédulas de dinheiro. A Justiça era mesmo cega.

Como os outros, o promotor puxava o próprio peso vagarosa e preguiçosamente. Porém, de fato, trilhara um caminho improvável. Não provinha de linhagem distinta ou afortunada. Nem sequer possuía quaisquer dotes especiais. E, mesmo assim, alcançara um cargo de responsabilidade e suprimia o progresso social de maneira imunda e antiética como somente um doutor de longo sobrenome e pais endinheirados saberia fazer. Ele havia estudado em escola pública e nunca possuíra uma mente brilhante. Por certo era a acelerada decadência moral e intelectual — que abaixava o já diminuto nível da sociedade a seu redor — que o colocava em destaque, tal qual um rio que seca e revela em seu leito barrento os peixes moribundos em agonia fétida. Verdadeiramente, o estado putrefato das coisas se pronunciava em sua alma e trespassava os limites de seu corpo, gerando o asco que sua ética deveria causar — mas não causava. Seu hálito possuía a pungência requintada do enxofre e o rastro insistente da amônia e revoltava mesmo o estômago da amante, subornada com mimos caros para o admirar e querer.

Repousou os belos sapatos sobre a escrivaninha de madeira compensada. O peso diário de seus pés rachara e esfarelava o material, cujos restos desfeitos se acumulavam debaixo do móvel, longe dos olhos alheios. Era assim que recebia os que o vinham visitar — com as pernas para cima —, fossem eles subalternos, meros advogados ou juízes. Havia sido admitido por concurso — não poderia ser demitido. Muitas vezes, dava-se ao luxo de remover os calçados e expor as finas meias de seda. Ninguém haveria de tirá-lo da torre de seu reino burguês. Vez ou outra, no entanto, vinha um burro dando coices rebeldes, revoltado talvez por com ele não repartirem um pedaço do bolo. Com as pancadas o burro balançava a estrutura da burocracia e causava barulho. Fazia isso mesmo sabendo que o cartel estabelecido por publicações em diário oficial não iria cair, e que mais cedo ou mais tarde — burro — seria aniquilado pela brutalidade silenciosa das forças ocultas. Mas assim foi que os pacotes amarronzados do fórum desapareceram do dia para a noite, e então os privilegiados que ganhavam por sua anemia intelectual passaram a demonstrar maneiras mais imaginativas para carregar o ordenado. Uns usaram meias, outros, sacolas reutilizáveis de compras, e mais alguns maletas pretas das mais pintosas. Ele, no entanto, o promotor, trazia a tiracolo a lancheira do filho pequeno.

Dizia que o moleque a havia esquecido no carro e que a levaria até ele. Porém, saía do trabalho diretamente para o banco, onde o esperava sua bondosa mãe ou uma aleatória cunhada para realizar os depósitos, e nem sequer chegava perto da escola do moleque. Ademais, todos sabiam que o menino era amaricado e não gostava de super-heróis. Por dias e meses a história se mantinha, mesmo quando todos os outros haviam retornado aos métodos costumeiramente marrons de carregar seus subornos de cada dia. Vinha ele com a lancheira pelo corredor. Seus sapatos estalavam alegres. Seu largo sorriso preenchia as lacunas com o mau cheiro. Sabiam que era dia de pagamento.

Em sua casa de praia às margens do rio Sucuriú, era o anfitrião de corruptos e traficantes que rasgavam nacos engordurados de carne com seus dentes de ouro enquanto inchavam ao sol, emborcando latas de cerveja. Seu palacete à areia branca era singelo em comparação ao do vizinho, o maior atravessador da região, que exibia seus banhos em uma piscina elevada de vidro à beira d'água corrente. Ainda assim, em verdade não lhe faltavam convidados, situado que estava no meio do caminho entre os polos produtores da América Latina e os centros consumidores dos narcóticos em São Paulo e Rio de Janeiro. E mesmo o vizinho multimilionário era um bem comportado convidado com humildade ignorando, por aquele momento, as comparações entre seu castelo e o casebre luxuoso do promotor.

Era conhecido por seus arroubos excêntricos e violentos o grande empresário, havendo no início de sua brilhante carreira matado a dez tiros uma namorada em plena luz do dia. Servido pela esposa do promotor com quitutes e álcool, era um cordeirinho sorridente e tatuado ao sol de domingo, entretanto. De fato, o oficial da lei assistia satisfeito à servitude da mulher, agradando convidado em convidado naquele festeiro, como se fosse mais uma das empregadas. Contentava mesmo a amante do marido, garota de beiços carnudos em batom rosa-*shocking* e calça apertada revelando os volumosos glúteos. Como se fosse mais uma das empregadas. Como se não soubesse quem era aquela adolescente que explodia nos trajes mínimos que vestia. O promotor se deliciava ao ver como a mãe de seu filho e a dona de seu futuro se davam — a primeira a ser abandonada em troca da outra assim que o menino fosse crescido. Ele não gostava, mas a menina trabalhava duro e dava o suor para garantir aquele amanhã — a despeito dos clamores dele, que lhe dizia que nada daquilo era necessário. Semana após semana, no entanto, ela carregava seus embrulhinhos para a Grande São Paulo a mando do irmão, que ao celular organizava toda a logística, com seus ouros à mostra em sua piscina transparente. O promotor tinha suas objeções, mas o que haveria de fazer? Tinha um futuro cunhado poderoso que o aturava, e não o queria desagradar. Admirava o traficante por ter se erguido do nada e estabelecido uma vida de sucessos. Enchia-se de si ao ver o quanto se divertia no churrasco de que era anfitrião.

Aquela noite, foi dormir sorrindo e sonhando com o brilhante futuro ao lado de sua formiga carregadeira, que era talentosa no que fazia e um dia ficaria milionária como o irmão. Tanajura. Mas no dia seguinte, ainda escovando os dentes para ir ao trabalho, foi surpreendido por um xeque-mate da polícia federal e foi para trás do xadrez. Perguntou se sabiam com quem estavam falando, esperneou e perdeu o controle dos músculos do abdome. Lambuzou-se. Ainda assim, foi parar em uma gaiola especial, reservada para os letrados como ele. Naquela confusão toda, não vira o cunhado. Imaginava se estaria ele também atrás de grades naquele momento. Perguntou aos policiais por detalhes, mas nada lhe falaram — cruzava com eles no fórum, carregando a lancheira do filho e os cumprimentava e para eles sorria. Filhos da puta! Temia ser culpado pela justiça que afligia a todos, ainda que esta fosse leve e tardia. O que haviam descoberto? Se o acusassem de ser a matraca que a todos trouxera punição, mais cedo ou mais tarde seria achado fuzilado em uma vala de beira de estrada. Andava pela jaula de um lado para o outro, nervoso, esperando esclarecimentos. Mas ninguém vinha. Assustou-se, então, com o policial que lhe trazia uma marmita — havia percorrido o corredor, mas o preso não o ouvira, o som do visitante camuflado pelos incansáveis solados de madeira do cativo. Mas o promotor não tocou na comida. A paúra lhe trazia ânsia de vômito. Também se insultava com baixo nível daquela refeição — um dia antes, havia manjado como Baco. Retirou os sapatos e agora tocava o piso com seus pés inchados e malcheirosos, protegido pelas meias de seda azuis. Verificaria as horas, porém não tivera tempo de colocar o relógio no pulso. A noite passou insone, entretanto com os raios do sol adormeceu no colchão barato. Sonhou com sua tanajura. Mas acordou com o calor abafado do cômodo sob o sol de meio-dia que fazia do lado de fora. Deu-se conta de que os jornais estariam estampados com fotos suas dentro de um camburão. Esculhambariam consigo. Havia caído dos altos saltos de seus calçados italianos.

Já havia perdido a conta dos dias passados naquela gaiola, embora não tivessem sido muitos, quando lhe apareceu a esposa, toda chorosa e carregando em uma mala preta algumas mudas de roupas. Por um momento, teve esperança de que seria a namorada. Mas se desapontou quando viu aquela balzaquiana se arrastando pelo caminho como quem percorre o corredor da morte, humilhada pela recente inspeção nos orifícios de seu corpo. Quem a visse assim sentiria pena, e presumiria que fosse uma inocente traída pelas ambições antiéticas do marido. Mas era a própria que vivia repetindo que ele deveria mesmo era ordenhar o sistema, embora não soubesse exatamente quais as aplicações de suas palavras no mundo prático. Ele a inquiriu como se fosse um de seus acusados, mas, uma vez que a mulher não parava de choramingar, chamou-a de inútil e o tempo de visitação terminou. De volta a seu isolamento, sentiu-se aliviado por poder botar roupas limpas, mas a infeliz esposa não lhe havia trazido sapatos mais apropriados à ocasião.

Caminhou pela prisão estalando os saltos com destino ao banho de sol — uma Dorothy da classe diferenciada. Que horror súbito o tomou quando encontrou no pátio inúmeras faces conhecidas, contatos de seu cunhado. Eles todos ignoravam sua presença, e de medo o promotor decidiu não se achegar. Dias antes eram bem-vindos hóspedes em sua casa de veraneio, mas já naquele momento poderiam desejar sua cabeça. Quando o sinal bateu para que se recolhessem a suas celas, sentiu-se mais leve quando um deles pareceu se aproximar todo risonho. Porém, antes mesmo de o promotor descobrir o que lhe havia atingido, foi levado a sopapos e chutes para um canto, onde cobriram sua cabeça com um saco de estopa e ataram suas mãos para assim ser carregado a uma sala obscura do complexo. Com sacos cheios de areia, feriam-lhe os órgãos internos sem lhe deixar maiores marcas na superfície, e como ele não parasse de gritar entupiram sua boca com meias sujas. Então, choveram pancadas em seu rosto e cabeça, e mal podia respirar, pois o nariz sangrava. Ouvia aterrorizado enquanto o chamavam de caguete e boca-mole e, de fato, àquela altura sua mandíbula haveria de ter se despregado da maxila. No tempo em que a consciência começava a lhe faltar, arrastaram-no de volta para sua jaula. Pelos buracos do saco, seus olhos sanguíneos puderam notar as pistolas nas cintas dos uniformes dos que o carregavam. Assim, semiempacotado, deixaram-no em seu colchão fino por quase dois dias. Novamente, a pancadas foram buscá-lo e o enfiaram debaixo do chuveiro. Lavado e vestido, foi colocado em frente à esposa e ao advogado como se nada houvesse acontecido.

Portadores de boas notícias, trouxeram-lhe a liberdade. Caminhando rumo ao portão de saída, esperava encontrar o carro da mulher, mas uma vez mais dois guardas o levantaram por sob as axilas e o enfiaram em um camburão. Estava certo de que se tratava do fim de sua vida, e, em verdade, foi levado para diante do cunhado. Naquele que poderia ser seu julgamento final, atirou-se ao solo e suplicou por perdão, em que o quase irmão o ergueu a sua altura, sorriu e o abraçou. Disse ele algo sobre uma arapuca armada para o promotor. Através do grampo implantado no telefone do fórum, haviam gravado conversas suas com clientes, nas quais ele ditava seus preços e informava os contatos de antigos fregueses satisfeitos, com os quais os interessados poderiam colher boas referências. Como um deus supremo, o traficante alisava sua fronte e o absolvia. Emocionado, o representante do Ministério Público não continha as lágrimas e somente sabia agradecer e perguntar por sua tanajura. Ela havia se ausentado por uns tempos, pois na operação por pouco não fora presa quando atravessava um carregamento para o estado de São Paulo. Mas em breve estaria de volta. No momento, o oficial da Justiça haveria de manter as aparências e cobrir os estragos causados por seu vacilo, entre outros. Ademais, devido aos prejuízos ocasionados pelo xeque-mate, o cunhado havia atrasado o pagamento mensal à estação local de TV gerenciada pelo testa de ferro de um político da República. Por isso, o escândalo achava-se estampado por toda parte. Seu advogado havia convencido a juíza de que o promotor não interferiria nas investigações e de que, até que se provasse o contrário, era idôneo e capaz de exercer sua profissão da forma irrepreensível como sempre fizera, o homem precisava apresentar conduta inquestionável, evitando ser associado à namorada, ao irmão dela e aos deles por um bom tempo. Em sua função de representante da Justiça, deveria ser tão duro quanto jamais o fora!

Nas primeiras páginas de jornal, estampadas estavam as fotos do menino ainda desfalecido. Nas folhas do meio, as imagens chorosas de um pai em agonia — um pai por quem se sentiria enorme pena, mas em quem letras miúdas de notícia projetavam negra sombra, a acusação do filicídio. As ondas AM de rádio carregavam para longe as palavras ditas quando aquelas imagens eram tiradas: "Eu não sei o que que aconteceu com o meu filho, cara..." E radialistas de vozes arranhentas de cigarro gastavam suas inúmeras horas diárias no ar debulhando aquela dor como se narrassem um jogo de futebol. Exigiam justiça. Faziam acusações e condenavam. Em canais popularescos de TV, o pouco vídeo captado era repetido incessantemente enquanto apresentadores obesos diziam exatamente as mesmas coisas, por detrás de seus grossos bigodes cuidadosamente tingidos. Haviam começado no rádio. De casa, o povo assistia ao espetáculo com repugnância, enquanto devorava seu jantar. Arroz, feijão e bife mal passado. Viviam acostumados à imundície como porcos no lamaçal — o revirar da sujeira aguçava-lhes o apetite. Assim desfiavam aquela tristeza como faziam com o churrasquinho grego que, aos sábados em dia de forró, devoravam em meio ao lixo que eles mesmos atiravam no chão ao seu redor. Quando dias após foram levadas aos espectadores as gravações feitas às escondidas no necrotério do hospital e fora dele, programas explodiram em audiência. O menino lá estava, esfriando amarelado, sob um lençol branco que produtores astutos levantavam para lhe expor a morte à luz do dia. Visão indigna, piorada por seu pequeno corpo naturalmente disforme. Era o protagonista de um espetáculo dos mais horrendos do mundo cão.

Em seu primeiro dia de liberdade, enquanto descansava os apavorantes pés túmidos sobre a mesa da sala de jantar, o promotor, ao passar as páginas de jornal, em segundos lançou seu veredito. Deu-se o direito de se sentir chocado e doente. Em alto volume proferiu palavras chulas sobre aquele pai, como sempre fazia em frente aos shows de TV no início da noite. O mesmo disse quando acompanhou o caso da prostituta arrastada em vida pelas ruas de uma cidade paulista. Ou quando uma menina de poucos anos fora sequestrada e torturada por dias sem piedade. Em vídeo. Daquela maneira, através da mídia, sentia-se mais comovido que quando se inteirava de semelhantes episódios pela vida real, em que seu futuro cunhado costumava atirar inimigos vivos para o deleite de jacarés paraguaios. Com seu ataque súbito de empatia, então, fazia a *esposempregada* vir apressadamente à sala verificar o que o injuriava, submissa e prestativa que era. E ele enchia-lhe os ouvidos com reclamações alarmadas sobre a decadência moral da sociedade em que viviam. Onde parariam? E que herança deixariam para seu filho? Ela fingia ouvir enquanto se perguntava, pensando baixo para que o marido não ouvisse, se ele achava que seu ouvido era pinico. Por que chorava em desespero se participavam com muito prazer daquela devassidão? Ao filho deixariam a parte que lhes cabia daquele asqueroso bolo, oras!

O homem cuspiu no chão. Arranjava o testículo na zorba e chacoalhava a perna enquanto discutia com um *amiguinimigo*, delegado, o fato de haver sido sorteado para cuidar do mesmo caso com o qual dias antes tanto se ultrajara pela TV. Ali papeando como velhos conhecidos que eram, fingiam não estar cientes do fato de que fora por intermédio do mesmo delegado que o promotor sofrera a coça do futuro cunhado — sob as mãos dos guardas do presídio, subordinados como o chefe, pois o traficante nunca dava as caras. Eram sórdidos os fatos, mas, ainda mais, sua hipocrisia. O promotor estendia-se no assunto para querer fazer crer que ser o oficial designado para aquele processo ilustre demonstrava confiança do sistema em si. De fato, demonstrava. Esforçava-se para se convencer da própria história, que de tão surreal talvez fosse mais absurda para si que para seu interlocutor. Afinal, haviam sido seus comparsas na Procuradoria de Justiça que o haviam livrado do embaraço de ser afastado de seu cargo. Eram corruptos e criminosos, mas estavam no comando. Eram a voz e as mãos do povo: somente ele possuía a idoneidade moral, a *stamina* intelectual para cuidar de um caso daqueles. Vangloriava-se do que não possuía e projetava intenção na aleatoriedade de um sorteio. Esquecia-se de citar que tivera de se desvencilhar de um ano inteiro de participação nos lucros do futuro cunhado para poder fazer parte daquele bingo da Justiça. Propinas aos chefes constituíam sua folha de pagamento às avessas. Graças a elas, podia continuar a ostentar a empáfia de sempre. Batia no peito enquanto reafirmava sua macheza, mas era o delegado quem mantinha a mão na pistola. O promotor só levantava canetas, pois a fineza pretensiosa era o estandarte que se carregava pelas alas frias do fórum.

"Faz chantagem com esse cara. Só é crime se for gravado, só" — ouvia de todos os lados e se sentia tentado. Em outros tempos, não titubearia em tirar proveito do caso célebre, fanfarreado por uma mídia sedenta de vender jornais e ganhar pontos de ibope. Intimamente consigo, ilibava-se da sujeira de seus costumeiros atos e se absolvia das consequências. Tinha em suas contas que, na imundície contagiosa das coisas, o usufruto dos fatores não alterava o resultado da soma. E acreditava que a gravidade de seus vícios era mínima se comparada à de um juiz que, por suborno, prescrevia uma pena mais branda — um promotor somente apresentava os eventos. Desta vez, a despeito de suas convicções, estava preparado para não colher os frutos do sistema e, em vez disso, fazer exemplo do famoso filicida, para recuperar seu brilho social e a utilidade ao futuro cunhado. A este último, nenhum uso possuía com seu status destruído e tendo os carimbos removidos de suas mãos. Jacarés do outro lado da fronteira engordavam à base de homens sem proveito. Nem sua macheza, nem sua halitose, tampouco a deformidade inchada de seu corpo teriam o poder de espantá-los ou tirar-lhes o apetite. Pesadelos de *futuro-cunhadicídio* atormentavam-lhe as noites, durante as poucas horas em que podia dormir em meio ao imenso trabalho de preparação para o dia da grande audiência. Pois, não tendo serventia à corja, não somente perderia o futuro magnífico ao lado de sua tanajura, como não passava de uma bomba-relógio sempre prestes a explodir e chamuscar a todos com provas-crime. Não somente sua vida como a sociedade clamavam para que brilhasse naquele trabalho de acusação.

Os meios de comunicação já pareciam esquecer de sua recente e escandalosa prisão. Da noite para o dia, deixara de receber perguntas de repórteres a respeito de sua postura corrompida, e passara a ganhar os olhares admirados tanto dos sensacionalistas quanto dos mortos de fome que vendiam seus votos por cestas básicas e que tumultuavam os corredores do fórum em disputas por pensões alimentícias. O administrador do patético império da mídia local, testa de ferro do vultoso senador da República, telefonara a ele pessoalmente pedindo uma entrevista exclusiva — queria fazer a fama de sua retransmissora fim de rede junto à ponta nacional da empresa televisiva. Bobo nem nada, voz da Justiça, de pronto o promotor aceitou o convite. Àqueles que, como Jesus, não atiravam pedras e falavam em castigo, perguntando se a morte acidental da própria cria não seria punição suficiente para o homicida, esclarecia que se coçava, mesmo, era para apedrejar.

Designou o rapaz alvo da ira pública. Era mister a punição pelas mãos da sociedade. Que o arrastassem pelas vias da urbe — e apontassem, e o ridicularizassem. Pois as leis eram demais brandas no caso daquele homem, sendo ele o fúnebre autor da triste história do menino. Notícias se dava da interminável expiação da criança, e as más e desocupadas línguas falavam que, desde o nascimento, era aos poucos envenenado pelo demoníaco genitor, ávido por assistir a sua dor. Era crença geral que no dia de sua morte o pai se encontrava distraído ao computador, absorto em visões de pornografia e atividades satânicas. Discutiam os especialistas universitários maneiras de se censurar o conteúdo distribuído pela rede, que tantos horrores inspirava. E em incontáveis entrevistas exclusivas o promotor advertia que não se deixassem levar pelo aparente estado inconsolável daquele homem. Que não se esquecessem da extrema gravidade dos atos dele, e que a repugnância social causada era não somente natural, mas saudável. Devia-se fazer dele exemplo, não somente por ser um mau pai, mas por ser um péssimo ser humano.

CAPÍTULO 5

O menino dependurado. O homem fora de si a implorar por ajuda aos passantes no meio da rua. Em seus braços, a criança tinha os olhos perdidos e a boca aberta, os membros superiores esticados como se pai e filho brincassem de roda e o garoto tentasse abraçar o mundo. À dor inimaginável no rosto paterno o menino era indiferente. Enquanto o sopro da vida rapidamente deixava cada uma de suas células gélidas e vazias, a criança o punia. Era seu último gesto de carinho, ainda mais lânguido do que os que demonstrava em sua existência.

Aos poucos, os estranhos que transitavam pelas calçadas se davam conta do que se passava e se aglomeravam ao redor dos dois. Uns discavam números de emergência em seus celulares, outros se retraíam em choque, enquanto outros ainda se satisfaziam em assistir à horrenda cena. Tiravam fotos com seus telefones. Por fim, um taxista se ofereceu para levá-los ao hospital, mas já então uma ambulância cruzava a esquina. Tomando a criança desfalecida das mãos do pai, os paramédicos tentavam sem sucesso reanimá-la. Todo o tempo, o homem repetia sua triste história, tanto para se explicar como para fazer seu próprio sentido. O tom de sua voz não conseguia controlar, até que, quando o menino foi dado por morto, calou-se. Entrou na viatura com eles, com destino ao hospital. Os olhos postos no percurso inteiro sobre o guri, que rapidamente perdia a pouca cor que possuía. Da ambulância, foram levados a uma pequena sala de emergência, onde um médico somente confirmou o que já havia sido atestado pelos socorristas. Brevemente, levaram o menino, o rosto coberto por um pano.

Desorientado, o pai caminhava pelos corredores de invisível imundície hospitalar como se estivesse em mais um de seus pesadelos. As luzes a iluminar nos azulejos brancos de décadas atrás a frieza da morte. Azul. Ele já não sabia onde era a saída. Seu estômago reviravolto, apesar de vazio, forçava-o a se arcar sobre latas de lixo como se a dor colossal expulsasse suas entranhas. Ele vomitava líquido verde e amargoso, revoltando os familiares de pacientes que transitavam para cima e para baixo. Tinham-no por um mendigo, por sua má aparência, magreza óssea e velha falta de banho. Ali mesmo foi interceptado por policiais, que havia pouco tinham recebido informações sobre o caso pelos socorristas. Faziam mil perguntas, às quais ele não conseguia responder com nexo. Quando deu por si, estava recostado à porta de um camburão antigo e malcheiroso, que balançava em seu trajeto rumo à delegacia. Algumas vezes golfou no interior do veículo, ofendendo os homens de uniforme. Inútil foi a corrida, pois na repartição nada fez senão repetir o mesmo relato insólito, confundindo em seus interlocutores a diferença entre desgosto e pena. Jogado na cadeira, quase deitado, ao virar a face expressando seu mais completo desolamento, avistou no canto da sala a recém-chegada esposa, visivelmente mais confusa que em choque. Ela se abraçava como se estivesse com frio, e seu rosto inchado e seus cabelos desarranjados eram sinal de que já havia estado chorando. Ele nenhuma palavra proferiu, pois o mero reconhecimento da figura dela encheu-o de repugnância que precisou esvaziar no balde que haviam colocado a seu lado. Uns parentes a haviam trazido, e tal era a situação dele que nem sequer notou quando os militares permitiram que o levassem para casa. Tampouco sentiu a picada da injeção que o jogou em um sono profundo, negro e sem vida, sem sonho ou pesadelo.

Sempre fora apolítico. Nos círculos viciados da universidade, as opiniões que tão decididamente proferia em encontros da união estudantil ou em paralisações populares absorvia osmoticamente, muito mais que por sua própria reflexão e filosofia. Assim, quando de sua garganta explodiam fortes palavras de protesto, era mais engraçado que eficiente, por inconsistente e superficial. Desta forma, quando despertou, foi jogado em um mundo ainda mais estranho e assustador.

Ao abrir os olhos, foi metralhado com as lembranças dos últimos eventos e a constatação de sua nova realidade. Levou a mão à cabeça, em agonia. Chorou. Virou de lado e tentou dormir novamente, mas não se sentia bem. O efeito da dose descomunal de remédio havia passado, mas deixara suas reações adversas. Colocou os pés no chão e quase caiu. Estava zonzo. Apoiando-se nas paredes, caminhou até a sala, onde a mulher chorava debruçada nos ombros de um parente qualquer. Havia muita gente da família, mas ele não queria ver nenhum deles. O cheiro que exalava, carregado de vômito e suor, deixava-o ainda mais doente. Tentando não ser visto, dirigiu-se à área de serviço, de onde geralmente se podia observar a intimidade escancarada da vida dos vizinhos. Buscava uma toalha, mas deparou-se com um homem estranhamente trepado em uma árvore a virar uma imensa câmera fotográfica em sua direção. Assustou-se e violentamente cerrou a janela. Em seu caminho de volta ao quarto, recebeu os olhares dos familiares, indignados e questionadores. Apressou o passo e se trancou no banheiro. Enfiado no chuveiro, tremia de medo ao pensar no que o esperava do lado de fora. O som distante de uma sirene fez com que derrubasse o vidro de xampu que tinha nas mãos. Colocou-se sobre a ponta dos pés para espiar, pelo vitrô, o que se passava do lado de fora. Uma multidão se concentrava no pátio daquele prédio de classe média baixa, de vida geralmente tão opaca e triste.

Como não pudesse passar o restante de sua existência trancado naquele cômodo, muito embora o quisesse, a evitar o mundo exterior, encheu-se de coragem, vestiu-se, e foi ao encontro dos próximos que se juntavam em sua sala, distantes. Esperava uma fria recepção, mas de pronto a mulher atirou-se em seus braços e choraram juntos. Os outros, emocionados, encheram-no de abraços e palavras de consolo, como se tivesse sido ele a única vítima de si próprio. Mais cheio de coragem, foi indagado pela esposa sobre o que deveriam fazer quanto aos repórteres que ansiosamente esperavam por eles. Pelas palavras dela e pelo debate que se seguiu, era óbvio que esse era um assunto que dominava a atenção de todos, e que já o haviam discutido quase à exaustão. O rapaz concordou que deveriam enfrentar os curiosos, não somente porque essa seria a única maneira de os deixarem em paz, mas porque sentia uma urgente necessidade de se explicar perante o mundo. Preparou-se, segurou a mão da mulher, outrora sempre tão exigente e apartada, e juntos foram encarar as feras.

Ao descerem as escadas e colocarem os pés no pátio do condomínio, podiam sentir o burburinho rapidamente silenciar, de forma que quando olharam a turba diretamente nos olhos foram recebidos por ávidos flashes fotográficos e luzes de câmeras de televisão. O rapaz, fraco que estava, por um momento pensou que fosse desmaiar e escorou-se na esposa. Quando abriu novamente as pálpebras, a mulher já estava falando aos inúmeros microfones, sem saber ao certo com quem. De repente, os repórteres se tornaram todos para ele, e novo silêncio se fez. Deduziu que ela havia lhe passado a palavra, mas não sabia de onde prosseguir. Começou a se explicar, dizendo que não sabia ao certo o que fazia naquele dia e que quando se lembrou que o menino estava no carro se desesperou, foi buscá-lo imediatamente, mas já era tarde. Não sabia quantas horas ele havia passado no veículo fechado. Não sabia se, quando o tomara em seus braços, ele ainda tinha vida — estava morno, mas ao mesmo tempo frio e sem respirar. Não sabia o que tinha acontecido. E quando pensava que já havia dito tudo o que sabia, as perguntas aumentavam e se tornavam mais urgentes. Como os repórteres parecessem insaciáveis e como seus repetitivos e insistentes questionamentos trouxessem recordações cada vez mais vívidas daquele trágico dia, o rapaz cedeu diante da pressão e, tal qual um dique que explode durante uma grande enchente, reduziu-se a lágrimas diante câmeras. Suas frases se perdiam em memórias não lineares e aos ouvintes aparentava estar se contradizendo. Falava em Deus e pedia perdão. Por fim, como perdesse cada vez mais o controle de si, a esposa interveio e o levou de volta ao apartamento, sob os protestos dos estranhos.

Mal abrira a porta de sua casa, o pai deparou-se com a inusitada situação de assistir à péssima experiência por que passara minutos atrás, em um plantão de notícias na TV. Encontrava-se um pouco mais calmo, a ponto de se envergonhar com sua falta de racionalidade e compostura. Já não acreditava que aquela aparição à imprensa traria quaisquer benefícios, simplesmente por não ter sido capaz de se comunicar. Nos jornais, uma vizinha surgia dizendo que o vira descer as escadas do prédio gritando, ao se lembrar do filho, e que ao tomá-lo nos braços saiu imediatamente à rua a pedir ajuda. O delegado responsável pelo caso, então, explicava os pormenores, dizendo que o rapaz fora solto após ter pago fiança, por não possuir outros crimes em sua ficha. Ele não se lembrava de nada daquilo — com que dinheiro a esposa pagara a fiança? Certamente, com o pouco que tinham poupado. Então, lembrou-se de sua mãe. Ela ainda não havia dado as caras. Um irmão, moreno como ele, estivera no apartamento por pouco tempo enquanto dormia, mas, mesmo assim, havia sido o único de sua família a comparecer. De resto, estava envolto pelos parentes da mulher. Haviam sido eles a chamar o advogado que agora chegava à moradia para instruí-los.

O rábula chegou contente como se tivesse assistido satisfeito ao desfecho de seu personagem favorito em último capítulo de novela. Estava emocionado com o que designava a "interpretação" do rapaz — expressão dada a sua dor — em frente às câmeras televisivas. Havia acompanhado tudo ao vivo antes de chegar ali. Aquele pai sofria e arregaçava sua angústia e sentimento de culpa perante o mundo. Via-se em seus olhos a realização de que nunca mais teria em seus braços o filho vivo. Seu luto era palpável. Era isso o que o povo queria. Identificavam-se nele... E desejavam mais! O pago representante mal podia conter-se. A todo o momento, agradecia pela imensa oportunidade que haviam lhe dado de atuar em um caso tão célebre. Lágrimas vinham a seus olhos. De excitação, dava tapas nas costas do pai, como se ele fosse um adorado companheiro. Dirigia-se a ele como a um colega das noites bêbedas da faculdade, e em tom festivo planejava passo a passo as próximas ações a serem tomadas. Assim, com aqueles mesmos ares, traçavam-se festejos e formaturas, certificando-se de que no dia seguinte fotos imensas dos bem-sucedidos formandos estivessem estampadas em duas páginas de jornal. O rapaz deixou cair a cabeça. Sentia-se o protagonista de um espetáculo, alçado para a fama pela morte do filho — esta, um mero trampolim. Tal superexposição gratuita, cujo único objetivo não podia ser mais que a distração das massas alienadas e infelizes, novamente repugnava seu estômago. Enquanto ouvia aquelas ideias mortificantes por tamanho mau gosto, buscava uma desculpa para se retirar do recinto, mas as palavras o prendiam como um gancho. E, perfurando suas entranhas, fizeram com que vomitasse ali mesmo, no tapete da sala. Pessoas de imediato se movimentavam para limpar a sujeira, e o advogado apercebeu-se que talvez seu cliente não estivesse tão excitado como ele quanto àquela oportunidade. Mas, com seu zelo e treino, chegaria lá.

Destarte, nunca se vira naquela cidade tamanho acúmulo de jornalistas, nem mesmo quando ali se travara sanguinolenta batalha de guerra civil quase oito décadas antes. A natureza sensacional da morte do garoto criava nos redatores de jornal — escrito e falado — insaciável fome de vender notícia, e no pátio do condomínio se agitavam como tênia em barriga de menino que come doce. Com seus dentes afiados, agarravam vizinhos, crianças e passantes e extraíam deles os fatos daquela tragédia, verdadeiros e inventados. Atrás de microfones devidamente logotipados, abriam e fechavam as bocas sedentas com aparente objetividade, mas seus métodos subjetivos despontavam em suas faces e apareciam em inoportunos sorrisos malignos enquanto noticiavam os infelizes eventos. Deliciavam-se de tal forma que a saliva jorrava e lhes escorria pelas presas em frente das lentes. Do outro lado do espetáculo, o prazer dos narradores de realidade era contagiante, e o povo sofria e julgava em catarse. Transitavam por um mundo inventado, preparado com fortes doses da mais dura realidade.

Passando suas falas, manipulado pelas mãos hábeis do minucioso bacharel, o rapaz sentia nascer em si o fogo da esperança de se fazer perdoar. Intuía que seria esse o rumo natural das coisas, uma vez que conseguisse se expressar. Em sua tentativa anterior, havia sido atropelado pela enxurrada de emoções e não dissera uma sentença só que fizesse sentido. O povo, seu maior juiz, haveria de compreender sua dor e remorso, e assim lhe dar uma sentença branda uma vez que provasse que já era um homem redimido. Talvez, o perdão. Precisava se expressar! Precisava se expressar! Precisava se expressar... Passando linha a linha de diálogo perante a parentada da mulher, recebia conselhos sobre como interpretar melhor cada uma delas. Esforçava-se, e o retorno positivo que recebia avivava-lhe os ânimos. Conquistaria o público. Em um canto qualquer de sua mente, uma parte de si assistia a tudo aquilo com um quê de descrença e questionamento, e ressentia a mulher que de um lugar confortável na sala o encarava com olhos fustigantes, como o condenasse. Sim, ela voltava a ser a perniciosa de sempre e com aquelas pupilas dilatadas arremessava mais uma pedra. A máscara caía. Como, tão rapidamente, transformava-se mais uma vez na pessoa que o atirara naquela loucura, a serpente. Enquanto ensaiava e conquistava seus espectadores, rangia os dentes de ódio dela. Deveria ser a danosa, e não ele a estar ali, à mercê de todos.

Aquelas ideias trouxeram lágrimas a seus olhos. Nunca havia sido tão evidente para o rapaz desde a expiração do menino o quanto ele, pai, havia sido igualmente vítima dos mesmos acontecimentos. E ela, logo ao lado, a julgá-lo como todos os outros, e do assento mais confortável na sala. Retirou-se para o quarto e, repetidamente andando de um lado para o outro, pesou os malefícios e os prazeres de livrar o mundo de pessoa tão peçonhenta. Ceifar-lhe-ia a vida por meio de um único golpe à aorta, e pessoa alguma jamais se encontraria em uma posição semelhante à sua, pois ela não poderia levá-los a tal baixeza. Não se conteve e pranteou. Como poderia ele, desde sempre o protetor do menino, a passar inúmeras noites insones cuidando da saúde dele, agora ser acusado de seu homicídio? E a mulher, que já na gravidez tentara ao máximo extirpar o guri do mundo, sentava-se a julgá-lo do sofá. Sim, ele a arrebataria no talo. Em um único impulso, pulou da cama, abriu a porta, apanhou a mais afiada faca da cozinha e dirigiu-se ao cômodo vizinho, onde faria justiça com suas próprias mãos — não poderia ser julgado mais de uma vez. Já era, aos olhos de todos, um ser sórdido, um filicida, e nada do que fizesse poderia piorar isso. Estava decidido e a vingança, a poucos passos de si. No entanto, assim que pôs os pés no mesmo recinto que a esposa e a viu debulhar-se em lágrimas após perder o controle, o rapaz viu sua vontade enfraquecer. Pondo a faca de lado, sentou-se perto dela e a abraçou. Com as mãos ele a apertou de deixar marcas púrpuras sob a pele. Choraram juntos e emocionaram o público.

Quando a porta se abriu e o rapaz foi mais uma vez atirado ao leva e traz da mídia, sentiu-se estranhamente fora do corpo. Juraria que podia assistir a si mesmo de um outro ângulo daquele deprimente pátio. Fora atirado a uma dimensão outra, em que era apenas uma marionete sob as mãos dos jornalistas. Luzes brilharam sobre si, gigantescos holofotes. A fumaça que emitiam se espalhava rente ao chão e complementava o mistério. Era um artista da vida real, desempenhando com graciosidade seu papel. Os cliques das máquinas fotográficas, o apertar dos botões nas câmeras de vídeo, o ranger dos dentes, as canetas nos blocos de anotações forneciam a trilha sonora em grande orquestra. Levemente percorria as notícias com suas sapatilhas, pululando e se exibindo, entregando-se ao personagem. Em sua face e movimentos, gravados estavam os sentimentos que todos buscavam. A leveza e a expressividade de seus membros faziam-no sentir como se pudesse flutuar no ar pesado daquele ambiente. Gostaria de acreditar que era um bailarino russo em um teatro famoso de algum canto refinado do mundo. Mas era um Dumbo naquele circo meio eletrônico, meio impresso. E tal como os elefantes eletrocutados por Edison para sabotar o sucesso *avant-garde* de Tesla, poderia estar caminhando rumo a sua dolorosa destruição sem o saber. Enquanto seu luto era devassado, sentia-se vago como em um sonho ou em uma sessão com o psicanalista. E no ápice de seu público processo de elaboração, proferiu palavras que em outro momento causariam extremo choque, porém ecoavam quase sem efeito diante da banalização do caso junto à plateia. “Matei meu filho, porra.”

Saudades. Pela primeira vez, podia discernir com clareza a falta que sentia do menino, em meio a toda aquela tragédia. Poderia ter dado a vida pela do guri, mas fora através de suas mãos que ele encontrara o fim de sua existência. Desde o primeiro dia no berçário do hospital, pôde vê-lo sofrer para conseguir o que aos outros vinha naturalmente: comer, dormir, respirar. Sempre a tentar tirá-lo dos braços da morte e trazê-lo para o lado da vida — como quem puxa um balde d'água de um poço, sentia que ele não ajudava. Pelo contrário, cada vez pesava mais. Um dia, enquanto o observava — doente — sobre uma cama de hospital, passou a notar em seus negros olhos a força de sua luta. Era uma energia tênue a dele, e gigantesco o tamanho de seus esforços. Como deveria se sentir por dentro aquele pequeno ser, ofegante mesmo quando em repouso. Gostava de observá-lo enquanto dormia, pois era a única ocasião em que notava alívio em seu rosto angelical. Por seus sonhos, pulava, corria e fazia estripulias de menino sem se cansar. Vivia mais do que quando desperto. O rapaz via-se nele, não somente por suas óbvias semelhanças físicas, ou mesmo por questões de personalidade, mas também porque a batalha física do garoto se assemelhava em muito a sua peleja psicológica. Jamais poderia ter imaginado o quanto seriam próximos, o quão profundamente conheceria suas dores apenas por um olhar. As trocas com o filho faziam-no perceber o quanto suas interações diárias com os outros seres humanos eram vazias e sem o menor sentido ou consequência. Sobretudo, somente aquele vínculo o permitiu ter uma melhor noção do enorme fosso que o separava da mulher.

Acreditava que esse era o verdadeiro motivo do inabalável ódio que nutria pela esposa, somado ao fato de ela simplesmente não compreender o menino. Tinha a mesma empatia por ele que pelo filho de um estranho, sem a mínima apreciação pelas dimensões de seu constante empenho. Não deveria ser aquela a sensibilidade de uma mãe! Era a mulher quem deveria se comunicar com o filho sem o uso de palavras, quem deveria sentir o que ele sentia. Entretanto, ela era tão fria quanto sórdida, e sua falta de coração causava repugnância. Nunca chegou a possuir com o guri qualquer elo íntimo, ao ponto de o pequeno mal reconhecer nela a figura materna. O pai se sentia mais mãe do que ela, que dera cria. Ela era um ser estéril, de carisma ou paixão. Seu ventre seco de nutrientes e afeto somente poderia ter parido um espantalho.

O meu estado inconsolável se conhecesse o universo, haveria de me conceder o pedido que nunca fiz, mas que na vida como nenhum outro desejei: fazer voltar a respirar aquele a quem criei e que de maneira inconsciente destruí. A semente que plantei para vingar, mas que acabou se vingando de mim ao me ligar por cordão umbilical comigo mesmo, levando-me à quase loucura de me conhecer em meus segredos mais asquerosos, como quem usa um pequeno espelho e uma luz para enxergar dentro de uma cavidade inalcançável. Um sítio arqueológico eu sou em meu psíquico, cheio de câmaras isoladas e esquecidas que em contato com o ar do presente libera venenos e maldições. O quanto eu me sinto navegar pelo mundo dentro de uma bolha, como lixo em saco plástico que flutua poluindo os cinco oceanos! O guri foi meu fio-terra com a realidade, fazendo-me sentir o universo em sua totalidade pela primeira vez, uma sobrecarga de novas sensações e experiências, um excesso de vida que doía. Se, por um lado, incansavelmente lutava contra a biologia e a seleção natural que insistiam em querer me tirar o menino, por outro, minha resistência à dor do real me traía. Não sou forte o suficiente para este mundo. Agora me encontro mais uma vez em minha bolha, isolado e sufocando, porém protegido da intensidade de meu próprio respiro. E como por ira ou castigo divino, banido estou dentro de minha mente, privado da presença e companhia daquele que de mim mais próximo foi, o único a conhecer meu verdadeiro ser.

E assim, diante daquela performance espontânea, porém devidamente mastigada, recriada e vomitada pela mídia, o povo riu e chorou, e culpou destinos, acasos, e aquele pai. Perdoaram-no, julgaram-no, condenaram-no. Com uma corda fina por trás de suas costas, ataram seus braços próximos ao tórax, suas mãos e seus antebraços ao mesmo tempo livres e impedidos de se movimentar. Em uma vala rasa naquele mesmo pátio o colocaram e enterraram até a cintura. Com uma risca de giz a sua frente delimitando certa distância, eles se posicionaram, tomando em mãos suas ofensas. Atiraram suas pedras. E enquanto uns se sentiam satisfeitos e contentes com a vingança por uma afronta que não era sua, outros sabiam que aquele homem encontrara seu pior castigo por suas próprias mãos.

CAPÍTULO

6

Apertava, resoluto, os botões de seu teclado. Tinham uma cadência própria seus pensamentos, o despejar de ideias era compassado por inabaláveis certezas. Um ser naturalmente desprovido de qualquer inspiração, sentia-se mover por suas obsessões e outras neuroses. Era motivado pelo ideal de se tornar notável através da completa submissão ao sistema e rigorosa observação de suas normas. Por isso, o holandês a tudo fotografava, na tentativa de materializar os louros que clamava para si. Cada viagem ao lado de um marco famoso, cada reunião familiar, o computador novo. Na primeira parede de sua casa pendurava os inúmeros diplomas que acumulara ao longo de sua miserável existência. A formatura do ensino fundamental, as feiras de ciências, cada ano completado no curso de idiomas, a catequese, a crisma. Assim era também sua família, desambiciosa em sua ambição a se contentar com pouco, porém a reclamar cuidados de afirmação. Diante de qualquer decisão insignificante, sentavam-se todos ao redor da mesa para debater os ínfimos detalhes.

E por ali passavam horas, chateando infelizes convidados que por falta de aviso apareciam no meio da discussão. Unida ia a família às compras, ressuscitando questões tratadas à exaustão em ocasiões precedentes. E com extremado interesse conversavam sobre a vida alheia — de amigos ou desconhecidos —, criando falso ar de grande intimidade pela maneira rica como tratavam das minúcias.

Em tal pequeneza pretensiosa, o criador do espantalho sempre fora aluno medíocre. Sua inteligência era opaca até mesmo em comparação à dos colegas mais medianos. Na presença deles exultava suas qualidades e brilhantismo, a garantir as colas nos momentos de prova. Ao término destas, questionava a capacidade dos companheiros e buscava explicações fortuitas para seus pequenos sucessos em sala de aula. Em momentos raros, todavia dolorosos, atacava-os também em seus âmagos tentando convencer-lhes de que seus defeitos pessoais eram tamanhos que jamais poderiam ser superados. E fazia tudo com ar inocente de alguém que nunca teria o intuito de machucar. Assim se mantinha relevante junto aos seus, manipulando-os emocionalmente, machucando seus egos para depois afagá-los. Sentiam-se familiarizados e paradoxalmente confortados em sua companhia, com a estabilidade das coisas que jamais se alteram. De fato, o holandês era um ser que não mudava. Tal perversidade disfarçada e passiva corria no sangue desde gerações remotas, do ancestral vermelho por queimado de sol que abandonara a terra reclamada por meio de diques para se embrenhar nas várzeas do centro do Brasil. Dizia-se que fugia da culpa de um assassinato levado a cabo por sistemático envenenamento, que se estendera ao longo de meses; e que a suspeita somente recaíra sobre si quando, orgulhoso do apuro do trabalho, passara a exigir admiração a seus detalhes mais técnicos. De crimes semelhantes jamais foram acusados outros familiares seus, quisera pela perda do requinte ou pela falta de verdadeira justiça em terras tupiniquins.

Sua vocação para trabalhos metódicos o holandês dirigia à análise pormenorizada das coisas, sem equivalente compreensão do macro contexto em que tais miudezas estavam inseridas. Toda noite, durante as horas que dedicava à cozinha na solidão de sua casa outrora cheia de gente, seguia rigorosamente os mesmos passos na preparação dos pratos de sempre. Abria o pacote de bife comprado aquela tarde, de um papel *brancacinzentado* grosso e rústico, sob o qual o açougueiro havia embrulhado a carne ensanguentada em plástico-filme. Avaliava, então, o corte de cada fatia, ávido por saber não somente que tipo de faca fora utilizada, mas também se o magarefe havia talhado na direção das fibras do músculo ou se em outra qualquer. E enquanto superficialmente analisava as porções — as quais gostava de deliciar malpassadas e suculentas —, questionava o porquê de o comerciante ter usado uma ferramenta menos afiada, mais grosseira que no dia anterior, assim como se houvera algum motivo para o rasgo ter sido feito aleatoriamente ao direcionamento muscular. Em suas considerações, não lhe cruzava a mente a possibilidade de o homem não saber realizar seu trabalho de forma outra que randômica, apesar de fazê-lo todo dia, pois aprendera a exercer uma atividade, e não a entendê-la. O holandês pormenorizava.

Enquanto com os dentes achatados da parte de trás de sua boca esmagava os grossos pedaços de carne, encarava sobre a mesa a sua frente um meticuloso relatório perfeitamente impresso em folhas A4. Comunicava a mesma ideia tanto em seu conteúdo quanto em sua forma, pois a maneira como os itens eram descritos no papel lembrava os pontos grosseiros que em Y gravara no tórax do pequeno espantalho. As palavras técnicas impressas no documento relatavam os fatos de forma distante e fria, porém, a qualquer um que compreendesse ainda que superficialmente o seu significado, difícil era não reviver com angústia o sofrimento daquela criança.

Ao chegar ao necrotério, o tórax do espantalho ainda estava quente, e sua temperatura persistia acima dos 41 °C. Considerando-se sobretudo a vagarosa natureza do socorro, o legista assombrava-se ao conceber os níveis de calor a que o pobre-diabo havia sido submetido. Nos primeiros momentos, havia sentido sede, tinha claramente chorado — mas ninguém escutara seus gritos desesperados, nem as outras crianças que brincavam ao redor. Por certo, as lágrimas secaram em seu pequeno rosto enquanto o ar abafado do automóvel o fadigava e rapidamente levava a uma completa exaustão. No dorso de sua mão e perna expostos ao sol, queimaduras de primeiro e segundo graus se assinalavam. Sua fralda e roupa molhadas indicavam que havia suado muito, mas a pele demasiadamente seca apontava para a piora clínica de seus últimos instantes. Pelos diversos tecidos de seu corpo, descolorações superficiais indicavam sangramentos mais profundos, que se concretizavam em hematomas de conteúdo cada vez mais morto e escuro. Suas células choravam copiosa, porém veladamente em seu timo, pleura, cavidade do pericárdio, epicárdio, e sob a membrana serosa na raiz da aorta. E o líquido que não mais transpirava causava agora congestão em seus minúsculos órgãos, edemas em seu cérebro e pulmões e hemorragias também nestes últimos. Em sua morte, derramara por dentro toda a tristeza que emanara desde o primeiro dia de vida. Seus órgãos, sempre tão emperrados, inutilizaram-se para sempre, de forma que pai nenhum, por mais obstinado, pudesse os ligar no tranco. O pequeno encontrara o fim em vários locais simultaneamente, e seu cérebro se tingira de vermelho por definitivo — sempre fora de uma cor que na palidez dele o deixava mais vivo.

Quando era criança, esbarrava em portas de vidro e vitrines de lojas. Sua oca testa estalava de o fazer cair sentado a se espernear. Vez após vez, entretanto, a cena se repetia. Com o laudo na mesa diante de si, ao lado dos sapatos polidos de bicos finos, detinha-se mais uma vez naquela barreira invisível, pois, apesar de fisicamente crescido, intelectualmente continuava pequeno. Fora posto ali após instantaneamente ter sido aprovado em concurso público, que como quem sofre de miopia por ter a neblina da boçalidade diante dos olhos, escolhe com os dedos o que está ao curto alcance das vistas. Assim, a demência se propagava, a espalhar suas teias sistêmicas e a fechar cada vez mais portas, somente abertas por propinas e carimbos. Ele tinha os carimbos e cobrava as propinas.

Aquele era o seu topo. Nanico cume de lugar onde não se pode erguer o contrapiso por ser muito baixo o teto. Dali de seu pequeno alto, decidia sobre as massas, as mesmas que se alimentavam dos vermes e ratos que cresciam no lixo que depositavam nas urnas. E em tamanha decadência ético-social, empurravam para o abismo a civilização — tão passivamente quanto vacas caminham rumo ao próprio abate. Ao velório, então compareciam com roupas estampadas em publicidade e logotipos, pois havia muito tinham perdido o bom senso de se vestir de preto.

Alheio era ao significado das constatações que possuía diante de si. Termos técnicos de precisão remota que apontavam para uma sequência incompreensível de fatos. Que tipo de demência se abateria sobre um pai a ponto de o levar a cometer dos atos o mais grotesco? Onde se encaixava tal indivíduo na ordem dos fatores? E como no universo poderia ter sido gerado de maneira a um dia surpreendê-lo com sua existência? Olhava para aqueles relatórios como um voyeur que espia em casa de vidro, por uma ilusão de ótica sem se dar conta que também se encontra lá dentro. Estalava o oco da testa naquela muralha transparente repetidas vezes, sem, entretanto, conseguir chegar mais perto de compreender. Como as multidões que embalam linchamentos, era motivado pelo apavoramento causado por aquilo que lhe era estrangeiro. Desde o primeiro momento, fora um legítimo representante das massas, refletindo em seus mais deturpados atos o corrompimento que estas acumulavam em seus inofensivos jeitinhos diários. Sabia o que o povo queria de si, que sua função era apontar aqueles que não se encaixavam no todo. Para o promotor, o pai era um forasteiro. Destacava-se como árvore marcada em vermelho para a derrubada. Não compreendia sua perspectiva, racional ou emocionalmente, e isso já bastava para justificar sua desconfiança. Nem sequer decifrava o significado da maior parte da linguagem utilizada pelo perito naquele relatório e, assim como o povo, não chorara a ausência diante da presença do caixão do guri em seu velório, mas sabia, sem a menor sombra de dúvida, que aquele homem era culpado.

Como uma hiena, desde cedo o promotor aprendera os benefícios de se esconder entre os seus, sentindo-se seguro para apontar o dedo e atirar a primeira pedra. No meio deles, suas fraquezas e defeitos eram camuflados e sua sensação de pertencimento era tamanha que, tal como os olhos que não se voltam para o interior do crânio, também ele nunca se dera a questionamentos reflexivos. Maior que sua pertença, somente sua convicção. E preparando sua acusação para aquele julgamento, deu-se conta de que nunca havia realizado um trabalho com tão pouco esforço a que tivesse paradoxalmente se dedicado tanto. Qualquer juiz haveria de se estarrecer com aqueles acontecimentos, ao ponto de querer declarar seu veredito antes mesmo de ouvir os fatos. Aquele homem não precisava sequer da corda para se enforcar. Era um ser que despertava ódio fustigador pela mera perturbação que causava na fábrica social. Teria sorte se conseguisse se apresentar à Justiça ainda com vida. Socialmente, havia muito estava morto. E defunta também pareceu sua alma quando se sentou naquele banco, dissecado diante de todos. Nem por isso era digno de clemência ou mesmo de uma concessão de que talvez sua dor fosse tão grande que nada que aquela juíza pudesse vir a decidir poderia atingi-lo de maneira mais profunda.

Sentiu o peso dos olhos sobre si. *Mea culpa, mea máxima culpa.* Completamente despido do pouco status que um dia tivera, enfrentava aquela moção de desconfiança da sociedade como se fosse incapaz de decidir por si próprio. Uma criança grande. Um débil mental. Um excluído que nunca receberia as penas a que simbolicamente já havia sido condenado: a morte ou o exílio permanente. Sentado, mais que nunca um simples ouvinte da própria sorte, mantinha as mãos juntas e os dedos entrelaçados, como quisesse se agarrar ao pouco que restava de si mesmo. Circulava um polegar ao redor do outro, a recriar as espirais do universo. Quisera ter em mãos a lógica e o sentido, compreendidos na figura em áurea proporção. Tinha ele a espiral impressa em si, nas distâncias entre os variados pontos de seu corpo e na dupla hélice de seu DNA. Portanto, a ordem de tudo, a coerência do existir também nele estava contida — ironicamente, porém, inacessível a sua consciência. Diminuído, como uma criança posta em um banco na sala da diretoria, e distante, quase indiferente ao que era exposto, entendia que por mais que o tentassem enquadrar em uma interpretação imposta aos eventos, jamais conseguiriam explicar os mesmos. Tentariam arrancar tais explicações de dentro do garoto ou aplicar leituras estereotipadas a seu comportamento, mas nem mesmo ele, que fora uma peça naquela engrenagem dos acontecimentos, podia entendê-los em seu desenrolar ou razão de ser.

Pois o guri havia nascido e dera sinais de que teria sobrevivido, mas no final sucumbiu, como se fosse o destino. O pai, desde o início, pressentira que aquele poderia ser o fim de sua história, e todo o tempo lutara contra esse final, sabotando-se a cada passo do caminho. A história registrara como fora um tolo por ter crido que poderia lutar contra o que na constituição das coisas havia sido estabelecido e então testemunhava como era punido por seu feito. Inútil. Sempre fora uma ferramenta no desenvolvimento dos fatos e por mais que pensasse o contrário, nunca deixara de girar com a engrenagem. Não podia parar de pensar que tudo, como um código, havia sido desde o começo programado, e assim queria crer que a *Via Crucis* do menino e todo o seu sofrimento tinham um porquê maior. Sentia tanta saudade do guri! Nunca imaginaria o quanto.

Quando o vira em sua caixa repousando, maquiado e duro como um artista de cinema, com aparência mais saudável que nunca, o choro desabou como represa que arrebenta com as chuvas de verão. Pois sabia que essa seria a última vez que o veria. Pois não era apto para ser pai. Pois uma parte de si havia morrido com ele. Nunca mais o apararia quando, ofegante, não tivesse uma parede em que escorar e deixar sua marca de óleo e suor. Não mais poderia passar as noites a seu lado, observando como, em sono, vivia todas as aventuras de que sua frágil saúde o privava durante o dia. Não o traria de volta à vida quando, sem motivo aparente, parasse de respirar na banheira. Estava vestido para uma festa o guri, por certo tinha algum lugar para ir. Colocou a mão sobre as dele e teve a estranha sensação de que sua cavidade torácica estava oca – podia ver a marca dos grotescos pontos sob a camisa. Na parte posterior da cabeça encontrou outro corte, mal coberto pelo cabelo ralo, e sentiu como tivesse diante de si uma embalagem vazia. Já não era seu filho, mas sim um boneco cuidadosamente montado para aquele espetáculo. Sentiu-se invadir, então, por um misto de repulsa e pena, e ao mesmo tempo que temia pelo futuro próximo em que jamais poderia estar em sua companhia novamente, queria vê-lo longe.

Por fim, baixaram-no na vala de seu descanso permanente. Um túmulo de alvenaria apertado e quente, tal qual haviam sido suas últimas, longas horas esquecido naquele carro. Então não mais tinha o que temer. Cozinharia ali em seu próprio vapor, vagarosamente expurgando toda a imundície que trazia da vida. No final restariam apenas fragmentos de seus finos ossos, de que antropólogos algum dia talvez resolvessem recolher a infeliz carga genética que lhe trouxera tanto sofrimento. Sua dupla hélice, então, estaria exposta e entraria ele finalmente em sintonia com o universo. Pequenas galáxias dentro de si, constantemente circulando e se expandindo e distanciando até cessarem por completo e se rasgarem por dentro, seus átomos e partículas elementares sendo destruídos. O fim do começo. Bóson de Higgs. Como tivesse ido por completo, ficava em seu lugar somente o vazio de sua não existência, força negativa que sugava e consumia e virava do avesso. Em todos os cantos da casa, no carro, no hospital. O buraco negro de sua ausência devorava seu pai, um pouco a cada dia.

No quarto do espantalho, sobre a cômoda, ainda jazia a peça que vestira em seu último domingo — uma camisa do São Paulo. O rapaz gostava de desfilar com o garoto e exibi-lo aos seus colegas nos finais de semana, tentando causar inveja similar à que sentira quando o útero da mulher tentava expulsar de si a semente. Mesmo no pesadelo constante daqueles últimos meses, vez ou outra levava para passear o menino, na esperança de conseguir finalmente despertar para sua vida nova. Nunca encontrara prazer real no futebol — não como os outros pareciam sentir assistindo a um jogo do time de coração; abriam a janela para gritarem e serem ouvidos em sua torcida. Mas, como boa ovelha que era, sempre seguira bem o seu rebanho. Assim era quando se tratava da paixão nacional, de sua religião, visão político-social. Papai + mamãe = espantalho. Um ser tão passivo quanto insípido, com o qual se cruza na rua a todo momento. A dor de sua experiência, no entanto, havia-o tornado outra pessoa. Virou a pequena camisa do time de dentro para fora, para ter direto acesso à face do tecido que tocara a pele do moleque. Sentado na pequena poltrona no canto do cômodo, levou o pano ao nariz para tentar sentir o pouco do cheiro do filho que ainda restava ali. E assim adormeceu, falsamente confortado, como se fosse acordar para boas notícias.

Disposto diante do promotor, enquanto o ouvia falar deu-se conta que sua cara lhe era familiar, de vê-la estampada em manchetes de jornal. Afinal, lembrava-se de ter presenciado aquecido debate sobre sua prisão entre dois desocupados que matavam tempo em uma banca em frente ao serviço da mulher. Ele a havia ido buscar. O guri dormia no banco traseiro e queria ele também poder descansar um pouco a cabeça. Entretanto, os dois homens não paravam de discutir, extrapolando a conversa para a corrupção alastrada na sociedade brasileira. Consigo, o rapaz pensava que de nada valiam aqueles esforços intelectuais, pois em sua insignificância de membros da massa os indivíduos em nada afetariam a ordem das coisas. Portanto, que se calassem, pois no permanente estado de NREM em que vivia, eles interferiam em seu psíquico. Não se calaram, tampouco qualquer atitude efetiva tomaram, e como peça pregada pelo destino, ele tinha aquele homem a sua frente. Nada poderia dizer que o fizesse ir embora.

O representante do Ministério Público o acusava dos piores feitos. Falava como se ele e o rapaz fossem amigos de longos anos, e tivesse estado presente nos críticos momentos que antecederam a morte do garoto. O pai raras vezes levantava a fronte. Era grande a desonra. Tentava mensurar a reação da plateia pelo canto dos olhos, a cabeça levemente inclinada para a direita. Os ouvintes contraíam os músculos das pálpebras, considerando aquelas palavras atentamente, e suas pupilas se estreitavam. A narrativa do promotor era vívida e incitava a imaginação. O réu não se via naquela projeção dos fatos, e mesmo que pudesse contar sua própria versão dos acontecimentos, duvidava que os presentes conseguissem visualizar o denso torpor que dele se apossara. Entre os espectadores, contudo, seu olhar constantemente cruzava com o de um indivíduo que o encarava insistentemente, como se o conhecesse de algum modo profundo. Aqueles olhos negros lhe causavam grande desconforto, como o sentido por um búfalo doente ou ferido que sabe que é espreitado por um veloz predador escondido na relva.

Tal predador o derrubaria, e ainda em sua agonia teria as entranhas devoradas por hienas atraídas pelo cheiro da morte. *Ad libitum*. O horror nos olhos do búfalo que tem a respiração obstruída pelo agressor e sente a vida se esvair certeira e dolorosamente. Tentava evitar aqueles olhos a todo custo, mas sabia que o fedor de sua fraqueza se farejava de longe.

Havia sido declarado inapto para a função mais básica de qualquer ser vivo, a reprodução. Salmões morrem logo após a desova. Certas aranhas servem-se como a primeira refeição de suas crias. O rapaz e a mulher haviam feito um pacto silencioso — a esposa não o iria abandonar, mas jamais teriam outro filho. Ela encontrava-se sentada no meio da plateia, profundamente humilhada, pequena e morta em seu interior. Havia tempos, evitava olhar dentro da alma dele. Embora tentasse, não o podia perdoar tão cedo. Mas estava ali ao seu lado, sendo julgada consigo apesar de não ser oficialmente ré. Também para ela se dirigiam as fitas enojadas dos espectadores daquele espetáculo, e sabia o que significavam. Para eles, eram a escória do mundo, desnaturados e perdidos da fé católica. De fato, logo após o enterro do espantalho, haviam ido à igreja para se encontrar com o Criador. Ajoelharam-se diante das estátuas na recém-reformada catedral e pediram perdão. Suas lágrimas caíam ao chão e secavam a escorrer pelos ladrilhos baratos tal qual daquele prédio haviam tombado e desaparecido as torres e suas ameias. A despeito de seus clamores, não sentiam nenhuma consolação — Deus se havia retirado daquela sua moradia quando fora tolhido do último traço de arquitetura românica. Em vez Dele, veio-lhes o pároco em seu encontro, e com seu sotaque espanhol tirou-lhes a confissão. Ou Ele ou eu. A pactuar com sua velada deliberação de nunca mais trazerem ao mundo outra criança, advertiu-os de que, não mais havendo o fim da procriação, que se abstivessem de encontros carnais por simples banalização do prazer. Que seu matrimônio fosse, dali por diante, uma união espiritual e que encontrassem na simplicidade uma vocação santa e intimidade completa em Deus. Disse-lhes o que queriam ouvir, pois tamanho era o asco que nutriam um pelo outro, não permitiriam que fosse diferente. Fossem um pouco menos como as ovelhas e um pouco mais como os gatos, dariam aquele casamento por finito.

A defesa fazia malabarismos para livrar o inepto pai da rancorosa opinião pública. Sim, fora negligente e seu descuido usurpara uma vida. No entanto, o incidente em si era castigo suficiente para tão miserável homem. Para sempre a viva desgraça pairaria em sua memória, tal qual imóvel nuvem de má notícia. Ao se olhar no espelho, seria imediatamente lembrado do desaparecimento de sua imagem cuspida. Era rasgo para sempre aberto em si, evidente, como fosse forçado a elaborar uma nova perda a cada dia. Jamais poderia almejar a felicidade outra vez. Assim, que houvesse clemência, e que se permitisse que a dor e a vergonha daquele pai fossem sua punição. Nos olhos dos presentes, porém, o advogado via cinismo e incredulidade — cinismo no sentido puro da palavra, segundo qual entendimento o sofrimento era causado pela depravação dos valores mais fundamentais da natureza humana, os únicos valores verdadeiros. Aquele rapaz se havia entregado à perdição, e isso denotava que não era capaz de sincero arrependimento. Pressentindo essa ânsia de condenar, o jovem rábula achava-se cada vez mais nervoso e inseguro. O público não se emocionava com aquela história como ele havia previsto — ele, que quase chorara diante da televisão ao assistir à primeira entrevista de seu cliente, antes de conhecê-lo pessoalmente, ele chegara a acreditar que sua narrativa dos fatos causaria comoção geral. Diante de tamanha frieza, todavia, começava a perder por definitivo o controle da situação.

Suava frio e sua camada de gordura de privilegiada cria de classe-média parecia querer arrebentar seu colarinho e seu cinto, dobrando-se espremida sobre a roupa. Não fosse tão desleixadamente preguiçoso e tivesse o costume ou a necessidade de se exercitar, o roliço bacharel estaria mais preparado para enfrentar a gélida prova de fogo. Temia que a lepra moral de seu cliente, como era vista por todos, afetasse sua reputação, e assim passasse a ser hostilizado pelos populares como se fosse ele mesmo o réu. Em seu próprio auxílio, criava contendas com os assistentes da acusação e ameaçava abandonar o tribunal devido ao cerceamento da defesa de seu cliente. Sugeria que a juíza, que se esforçava para atender seus pedidos, voltasse a estudar. O público respondia com chiados e o Ministério Público, com ameaças de inquérito por desacato. A juíza pedia silêncio, a que o rábula redarguia com mais provocações e ironia. Em seus empenhos, o advogado se tornava o segundo vilão do julgamento para a TV e seu público. E em sua saída do fórum teve de ser escoltado, lembrando a todos que somente garantia a prerrogativa constitucional do acusado de possuir defesa técnica, que defendia direitos e não condutas e que, sem sua presença, o tripé da Justiça não existiria. Ministério Público, Poder Judiciário e Defesa. Poderia ter sido uma ex-chacrete que se formara fazendo shows no garimpo da Serra Pelada e que, célebre mais uma vez, aceitara posar nua para uma revista para mostrar porque a vara toda ficava em pé quando entrava no recinto. Tremia na base.

Chamuscado pelo maremoto de escândalos que o atingira certeiramente, o promotor não esperava divergir as atenções com tamanha facilidade. De outra maneira, chocou-se com a rapidez com que o público esqueceu seus crimes — não somente culturalmente aceitáveis, como quase incentivados — ao se deparar com o anormal delito daquele pai. Monstro! Em sua explanação dos fatos, o representante do MP tinha que o rapaz havia se esquecido do filho por estar ávido para se enveredar pelo desmedido mundo da pornografia cibernética. Essa fora a informação passada por um vizinho, que adentrara o apartamento em busca da mulher logo após o pai ter deixado o local na ambulância, com o filho. O homem encontrou a porta semiaberta e teria se engolfado em um mundo de devassidão. Tal versão dos fatos não fora corroborada por nenhuma das demais testemunhas, entre elas familiares da mulher que foram os primeiros a chegar ao apartamento após o incidente. De qualquer forma, segundo a acusação, seria a única explicação para tamanha negligência paterna. Um doutor foi chamado para discutir as fases do vício em pornografia e, quando questionado, o rapaz confirmou que no passado havia visitado tais sites — ~~não no dia da morte~~

~~do guri~~ sua resposta foi prontamente recebida como uma confissão. Insinuações então foram feitas sobre o tipo de conteúdo que estava sendo acessado e logo se chegou à certeza de que àquele homem não deveria ser permitida a proximidade de criança alguma, por motivos óbvios — e o espantalho era o maior deles. Sua vida, ceifada pela incúria; seu corpo, estofado pela perversão. O circo era predominado por suposições e julgamentos de valor — a falta de fatos, compensada pela emoção. O promotor operava a indignação do povo.

Ascenderam ao picadeiro, em conclusão, os olhos negros que, mesmo camuflados pela plateia, faziam-se notáveis por sua fixação. Ali o holandês se sentia em casa, respondendo a perguntas das mais técnicas de maneira altamente minuciosa. Dados sólidos finalmente vinham à tona, confundindo os espectadores e quase pondo fim à catarse. O promotor regurgitava a informação e repetia as deduções, contudo, e o público mais uma vez se envolvia e projetava. O rapaz descobria-se, então, justificado no medo que aqueles olhos de hiena lhe causavam. Naquela cabeça pequena, os globos pareciam imensos, prontos para o devorar. Assim faziam. À noite, reviravam os túmulos para desenterrar os corpos e abocanhar suas carcaças. E durante o dia sondavam os seres, de forma a aprender sua língua e seus segredos. De tanto ouvir, aquela besta imitava a voz de um homem e pregava seus próprios sermões de forma a, circulando a morada de um indivíduo, atraí-lo para fora. Mas, ao tornar sua atenção para uma presa, não podia simplesmente virar a cabeça, pois seu pescoço era fundido à coluna. Volvia o corpo todo, e rodeando três vezes sua vítima a tornava imóvel. Ao atacá-la, rasgava-a com os dentes e engolia bocados inteiros, mastigando em sua pança e devorando em sua alma. Confessava-se um pecador e suspirando então se fazia semelhar a um santo, ludibriando seus ouvintes ao dissimular sofrimento. Entrava nos lares a seduzir os inocentes, e seus olhos de hipocrisia mudavam de cor, assim como era capaz de mudar de sexo — ora um homem, ora uma mulher. Tal era sua instabilidade interior. Mas seus olhos... aqueles olhos ocultavam dentro de si uma pedra que, quando colocada sob a língua de um homem, permitia-lhe prever o futuro. O promotor possuía a essência do holandês em sua boca.

O hipócrita é um ser que vive de maneira brutal, rústico em suas ações e cavando sepulturas em noites de dissimulação. Primeiro venerando Deus, depois os ídolos. Devorando e ruminando a carcaça do espantalho, o promotor e o holandês se faziam uno. Um, com sua inata habilidade de revirar e triturar entranhas alheias estando suas presas mortas ou agonizantes. O outro, com o poder de regurgitar aquelas vísceras na boca da juíza tal qual uma ave faz com seus filhotes no ninho. Impotente em meio a tudo aquilo, o pai sentia seu âmago revirado, como oferenda humana em ritual de magia em que o bruxo milagrosamente abre uma fenda em seu peritônio e insere a mão e sobe por seu interior a apalpar seu coração. O ídolo a que prestavam culto era a dissecação da *impersonalidade* segundo a mídia. A hiena de duas cabeças era uma besta tão disforme, quanto culturalmente adorada em seus feitiços. Uma de suas frontes não apresentava boca, mas uma ventosa e ganchos que a prendiam a sua vítima para com seus olhos penetrantes sugar informações, triturando a presa pela vagina dentada de seu rume e *defec-imprimindo* seus substratos com imensa precisão — um verme depravado, porém socialmente útil. A outra cabeça, afetada por cegueira legal e ética, inebriava pelo charme de seus quatro lábios e prostômio, dos quais emanava o odor râncido da decomposição de velhas digestões — sobrevivia por meio de seu aguçado tato e pela incomum habilidade de discernir quantias pelo mero chacoalhar do argento no interior de uma lancheira escolar. Como parasitas que manipulam a mente e o comportamento de seus hospedeiros para completar seus ciclos de vida (o verme que induz o louva-a-deus a cometer suicídio na água de forma que o mesmo entozoário possa sair nadando livremente em seu ambiente aquático), a besta bicéfala extasiava toda a gente e influenciava suas decisões.

Após tamanho estardalhaço, tudo se resumiu a umas poucas palavras da juíza e a um sopro aliviado do público. O pai recebeu a sentença como uma marretada em seu peito, um coice de rejeição daqueles que um dia chamara de "os seus". Ao sair do recinto, era avacalhado a cada passo, a defesa atrás de si repetidamente sussurrando que ainda se poderia recorrer. Nunca vivenciara de maneira tão palpável o gigantesco fosso que existia entre seu suposto papel na sociedade e sua existência pura e simples. Que fabricação imposta, que constructo era aquele, tão impossível de conciliar com as leis mais básicas que regiam o universo? Judeus ambicionavam ter escrito suas leis utilizando uma sequência de números enviados por um deus. Os números de Fibonacci explicavam a proporção áurea, a disposição dos galhos em uma árvore, das folhas em suas hastes, de pequenos abacaxis, o desenrolar de uma samambaia, a floração da alcachofra, a disposição dos pinhões em uma pinha, o interior da flor da camomila... A natureza aberradora de suas circunstâncias, no entanto, contradizia toda a ordem que regia o universo. A não natureza. Era de concluir que houvesse algo fundamentalmente errado não somente em suas ações, mas nos princípios que imperavam naquela sociedade. A repressão do que era humanamente universal e a supervalorização do que era culturalmente aleatório. Queria ser condenado com a extinção de sua extirpe, não sofrer ridículo por não ser financeiramente capaz de subornar o Ministério Público ou por não ter status e, por conseguinte, não possuir a mídia em suas mãos. Nunca em sua existência imaginara que um dia seria tão vilmente humilhado. Ao abandonar o fórum carregando a pena máxima, tentando se esquivar do insistente olhar do holandês, recebeu um tapinha nas costas do promotor, que com um sorriso no rosto disse-lhe que a decisão era passível de recurso. Nunca esqueceu o odor que provinha da boca daquele indivíduo. Debruçou-se dissecado do lado de fora.

CAPÍTULO

7

Sob o efeito tóxico dos coquetéis químicos que vinha consumindo, industrializados e naturais, o rapaz, em estado de letargia ou ultravigilância, não conseguia absorver os eventos de seu dia a dia ou elaborar a realidade. Estava absolutamente despersonalizado. E embora fosse profundamente afetado por esses acontecimentos em seu psíquico, ainda assim não podia discerni-los do que lhe tivesse ocorrido em sonho. Sentia-se tão sobrecarregado quanto a mesa de seu escritório, atolada em burocracia, como se houvesse acordado de um coma vários meses depois e tivesse de assistir fita após fita de vídeo para se colocar a par dos fatos. Como fosse um diabético emocional, suas chagas não cicatrizavam e, apesar de poder vê-las e tocá-las, não experimentava propriamente dor. Continuavam minando sangue e linfa e manchando de vermelho suas roupas. Assim era lembrado de sua existência, sombras em seu *passadopresente*, mas delas não conseguia extrair qualquer aprendizado. Seus raros momentos de completa inconsciência eram mergulhos em um buraco quase palpável de tão negro. E quando parcialmente despertava, era como se finalmente estivesse sonhando — ou lutando com seus pesadelos.

Passada a morte do garoto, quando doses cavalares de medicamentos o colocaram em uma espécie de coma oficial, ele acordou sentindo-se ainda distante, mas um pouco mais próximo de si — como quem cochila durante o dia e levanta pisando alto. Não tivesse o guri gastado tanto tempo no necrotério, nem sequer poderia ter ido a sua festa de despedida. Logo, em seu retorno para casa, ficou subentendido que não voltaria tão cedo ao trabalho — iniciara seu período sabático. E novamente dormia. Desta vez, eram longas horas de sono profundo, escuridão completa, e, quando se punha em pé no início da tarde, sentia-se tão ou mais cansado do que quando se fora deitar. Não possuía qualquer atividade onírica de que se pudesse dar conta, mas seus dias aparentavam ser mais reais — certamente a falta do filho o era. Por fim, com o passar das semanas, aos poucos era colonizado por novas ondas cerebrais e ganhava ciência de que havia, por bem ou por mal, sonhado. Eram ressurgências vívidas de fatos que haviam ocorrido vários meses antes, longas e intricadas reencenações repetidas por noites, semanas... insistentes. Episódios e personagens banais, no máximo secundários a seu cotidiano, marcavam forte presença. Vez após vez revivia o mesmo evento, até que — ainda em sonho —, pudesse se dar por satisfeito com seu desfecho. Ocorrências na salinha do café no trabalho, interjeições dirigidas à faxineira... Tamanha era a energia empregada, despertava quase morto. Com o passar dos meses, entretanto, sentia como se sua história aos poucos se materializasse. Finalmente, era como se tivesse de fato existido no ano anterior. Tinha não somente memória, como uma íntegra noção de presente e passado.

Dessa forma, sentiu como se não houvesse tempo suficiente no mundo para tanta elaboração, pois por mais que o fizesse ainda havia camada após camada de realidade a ser reconstruída em seu psíquico. Mas um dia se pôs em pé e, repentinamente, toda a história se encaixava. Tinha clareza o bastante para tentar consertar o que ainda era remediável. E uma que o fizesse, o tempo lhe sobraria. Sobejava para sorver toda a angústia do silêncio daquela casa e mesmo assim se afogar em memórias do menino. As horas rastejavam e o espantalho quase se materializava se escorando nos cantos, ofegante. O som de seu respiro parecia se dissimular no ruído dos pneus contra o asfalto dos carros que passavam na distância da rua. Sua pequena sombra a se projetar nos rodapés e a se confundir com a do gato. Em fuga, o rapaz retornou ao escritório. Preferia ser evitado pelos colegas de trabalho a ser confrontado diariamente com a falta do menino. Sussurravam pelos cantos referindo-se a ele e evitam fitar-lhe nos olhos. Ainda assim, na maior parte do tempo havia o confortante bater dos carimbos e a distração dos desmiolados e repetitivos pequenos esforços da burocracia. Tentava dessa maneira se preparar para o julgamento, abraçando sua vergonha e se subjugando à exclusão social.

Tinha consigo que haveriam de se satisfazer com sua punição, sua pateticamente triste e permanente condição de filicida. Não poderia passar despercebido o fato de que, mesmo quando sorria, carregava um profundo pesar dentro de si. E o quão frequentemente, quando se calava em meio a uma conversa, cruzava sua mente tirar a própria vida, única maneira de fazer cessar aquele martírio. Não o fazia, pois sua moral católica ditava que deveria ser sua própria prisão perpétua. Era uma dor que tinha de calar. Mas, apesar de toda a sua sujeição, em suas fotos não se podia ignorar o buraco negro de sua alma que por seus olhos se tornava tão aparente. A morte havia deitado sua sombra sobre aquele homem por definitivo. Em suas imagens se via sempre o rasto de amargura e escuridão, deixando tudo opaco e murcho. Pálido e seco como ele. Bastava um mínimo de sensibilidade para o perceber, mas ninguém notava. Não reparavam ou fingiam ignorar? Por que dissimulavam se aquilo lhe fazia um mal tão maior? Nenhuma alma viera lhe dar os pêsames pelo filho que havia perdido — como se não o houvesse perdido, mas propositalmente dele aberto mão. Isolavam-no. Não era apenas uma prisão, mas uma solitária perpétua. Por que insistiam em lhe infligir uma tamanha desventura? Não se davam por satisfeitos? Não seria cristão que alguém lhe estendesse um braço de misericórdia?

Sim, em verdade vos digo que, se vierdes a mim, tereis vida eterna. Eis que meu braço de misericórdia está estendido para vós e aquele que vier, eu o receberei. Saiu do fórum em absoluto choque. Fora um apedrejamento impiedoso. A primeira pedra atingiu-lhe a fronte e fez jorrar o sangue, que caiu na mesma terra anteriormente lavada pelo vermelho alheio. Ficou desorientado e, antes que pudesse se situar, foi atingido novamente. A cada golpe, seu corpo balançava para frente e para trás, pendia para os lados. Não caía porque estava já de joelhos, as mãos atadas. Aos poucos entrava em uma espécie de transe, dolorosa fuga de quem é forçado a reviver em pormenores uma experiência ainda não elaborada. Seu inconsciente funcionava a um passo diferente do mundo exterior, como houvesse perdido seu ponto de referência, como se seu relógio psíquico tivesse sido atirado no espaço e então, distanciando-se de forma contínua, trabalhasse mais e mais lentamente. A cada dia mais longe do guri. Sua memória mais vaga. Difícil avaliar o que perdera. *Tempespaço* afetado. Quando finalmente deu-se por encerrada a sessão, emocionalmente já quase demonstrava indiferença a tudo, embora racionalmente ainda tentasse encontrar palavras. Dali foi levado por completo rendido, como morto estivesse, embora ainda caminhasse com as próprias pernas. Clemência alguma lhe fora oferecida, e mesmo às portas do inferno fora recusado, pois cabia recurso.

Do lado de fora, excetuado entre os excluídos, bastaram alguns minutos para que em seu âmago assimilasse o que havia ocorrido e chorou de humilhação. Tinha vergonha ao passar perante espelhos e baixava os olhos. Não se importava tanto com o que faziam consigo, quanto o aviltava que sujeitassem seu filho, o descanso negado mesmo em morte. Desculpava-se com ele em pensamento, mas em resposta tinha apenas silêncio. Dopou-se, enfiou-se sob as cobertas e dormiu. Foi um sono sem significado, como aqueles com os quais já tinha tanta familiaridade. No dia seguinte, abriu os olhos completamente desperto e implorou ao universo que o deixasse entrar em inalterável hibernação. Não tinha por que despertar. Profecia que se autocumpria. Quanto menos tinha, menos havia que pudesse ser tido. Já não tinha ânimo para chorar, vontade de comer, ou motivo para dormir. Não estava cansado, mas tampouco tinha energia. Era consumido por um incontrolável desejo de voltar no tempo e corrigir seu erro. Ninguém possuía maior ciência da dimensão do erro que cometera que ele. Como podiam crer que haveria uma lição que ainda pudessem lhe ensinar? Dar-se-ia por satisfeito se pudesse, de alguma forma, desculpar-se com o guri, ou se ao menos fosse possível que ele soubesse o quanto doía. *Eis que meu braço de misericórdia está estendido para vós e aquele que vier, eu o receberei.*

Perdera a conta de quantos aniversários da morte do guri se haviam passado, assim como confundia telefones que tinham muitos números pares. Certo fim de manhã, porém, recebeu uma ligação das mais bizarras de sua vida. A voz lhe parecia quase familiar — um homem, que o chamava para um encontro. Enquanto se preocupava em compreender a exata natureza daquela chamada, quase se esqueceu de ouvir o local do encontro. O interlocutor não lhe deu uma segunda chance, mas por sorte um lugar lhe marcou a memória. Era um obelisco, em um local então ermo da cidade. Outrora, não pensaria duas vezes antes de desconsiderar aquele telefonema como um trote, mas, sem muita alternativa, uma ponta de esperança despontava em si. Aliás, estava absolutamente excitado, como se o véu negro que cobria sua vida começasse a ser levantado. Ansioso, banhou-se e se vestiu com um quê de urgência. Quando surgiu na sala a mulher, disse-lhe que estava bonito. Ela, de todas as pessoas. Tomou coragem para se olhar no espelho e chegou a concordar com ela. Se lhe fosse aprovado, teria sentido quase orgulho. Sem mais, pegou as chaves e saiu. Tirou o carro da garagem e tudo lhe pareceu ordinário. Era um dia de sol azulado, calmo e fresco. Antes de pôr o veículo na rua, teve de esperar por um pedaço de ferro-velho que vagarosamente passava em frente ao seu prédio. Temeu que aquele indivíduo fosse obstruir o caminho até a boa notícia que o esperava. Inesperadamente, no entanto, o motorista se pôs de lado. Foi assim que se deparou com a inusitada sensação de quem via um fio de boas novas no horizonte, mas tivesse de caminhar em uma corda bamba para chegar até lá, podendo despencar no abismo a qualquer momento.

No meio da via pública, um carro parado aguardava por alguém, quiçá. Não podia ver o condutor, pelo vidro fumê e o ângulo do sol que chegava ao solo por entre os galhos das árvores. Inicialmente, pensou que o indivíduo aguardava um pouco distante do farol. Mas o vermelho se tornara verde, e então amarelo e vermelho novamente e ele não se movera. O veículo era novo e funcionava, não era um problema mecânico. Buzinou. O carro se moveu uns poucos centímetros, e parou como havia estado. Tocou mais uma vez sua corneta, várias vezes. O ser não mais saía do lugar — achava-se no direito de forçá-lo a esperar. Mas o rapaz tinha um encontro marcado, temia perder para sempre aquela misteriosa oportunidade. Tentou se esgueirar por entre o automóvel diante de si e a calçada — pensou que coubesse, mas não cabia. Logo pôde ouvir o irritante som das duas placas de metal se rasgando, mas estava decidido a transpor aquele obstáculo. Viu no interior do outro veículo o motorista que, surdo à buzina, repentinamente se contorcia todo e protestava contra aquele estrondo de tão baixos decibéis. Era então o rapaz que se fazia de rogado. Continuou até atingir o próximo sinal, em que teve de parar. Olhando por seu retrovisor pôde ver enquanto o outro indivíduo finalmente se aproximava, seu carro finalmente se movendo. Cada vez mais perto até o fechar na pista e saltar do automóvel, reclamando alto. O rapaz somente percebeu o quanto era jovem como ele, e o farol abriu novamente. Vendo que seu agressor poderia escapar, o motorista sentou-se no capô do carro, como quem debalde tenta arretar o destino, evitar que o outro fugisse da cena do crime. Mas o pai do espantalho sentia-se no controle em seu tanque blindado, e pisava no acelerador e ameaçava passar por cima. Por fim, aterrorizou seu oponente e se escapuliu, não antes de ouvir um "meu deus, que é isso?" Somente naquele momento deu-se conta de que já era procurado pela Justiça, e o que fazia no mundo, e que tipo de homem era, e o que seria de si quando a polícia o alcançasse? Um sociopata. Tinha o coração na mão. Ele, que havia visto a esperança, estava mais uma vez pendendo para o abismo.

Rua Ametista, s/nº. O obelisco era um dos últimos resquícios das imensas feiras de gado sediadas naquela cidade nas décadas de 1910 e 1920, das maiores do Brasil. Cruz sobre a cova do guri. Grandes comboios chegavam de toda parte — Minas Gerais, São Paulo, Goiás, o Centro-Oeste inteiro — rumo ao leilão às margens das três lagoas. Na tentativa de se oficializar o evento, entretanto, o mercado todo misteriosamente se desmantelara. De certa forma, aquele obelisco marcava o que nunca havia sido. Combalido menir de arquitetura romanticamente eclética. Restava também um bebedouro para cavalos, delicadamente decorado e estruturalmente intacto como somente os construtores do passado sabiam fazer. O túmulo do menino desabava sobre ele conforme seu barato caixão apodrecia. Na praça do obelisco o rapaz sentou e esperou. Oscilava entre a hiperexcitação da ânsia por algum tipo de milagre e o terror de um novo sinistro. E por vários motivos aquele local, que celebrava a morte do que — grande e pujante — é trazido à luz, era o ambiente perfeito para o que seria tratado naquele encontro. Assim um luxuoso automóvel se aproximou, a porta se abriu e, pela mera prepotência com que aqueles calçados finos estalavam no chão, o pai do espantalho sabia que as notícias seriam simultaneamente boas e ruins. Conhecia aquele andar de longe, e o bafo o precedia.

Acomodou-se ao seu lado no banco e bateu com a mão em sua perna, como se tivessem sempre sido bons amigos. Brasileiro, era muito cordial falando "bom dia", perguntando como tudo ia e fazendo afirmações estapafúrdias sobre o tempo. Somente quando um silêncio incômodo se estabeleceu é que achou por bem lembrá-lo do motivo de se encontrarem secretamente. Estavam ali porque o acusador o poderia ajudar. Da mesma forma que o bode havia expiado pela famigerada vindicta pública, o rapaz também era empalado por popularesca demanda — por mais que sua consciência já o mantivesse girando em espeto, assando sobre o fogo da culpa. Mas Deus, Este em seu julgamento separaria as ovelhas dos bodes não pelo mal que houvessem feito, mas pelo bem que tivessem realizado em seu nome. Destarte o promotor se colocava ao seu lado para fazer o que era certo sob os olhos do Senhor, que olhava para aquele pai e sofria tal qual havia padecido tendo que permitir o sacrifício do próprio filho em nome da salvação da humanidade. Enquanto ouvia tamanhas palavras, o rapaz inquiria profundamente os olhos daquele homem e tentava encontrar nelas um quê — que fosse — de verdade. Porém, assim como a seus pés se erguia um monumento ao que era alienado para ser abatido, o que ouvia não passava de construções calculadamente comercializáveis que não resistiriam ao menor escrutínio, por mais tartufo. O que era feito às escuras jamais poderia ser passado às claras.

O preço. Não obtinha uma definição, tampouco sabia como perguntar, embora estivesse ciente de que e$$a era a única e verdadeira força maior a atuar naquele bom cristão. Sua situação financeira se complicara desde que decidira patrocinar, sozinho, o sistema judiciário. Procuradores, desembargadores e homens da mídia fartavam-se de espumantes caros à sua custa. A restauração de sua honra era um empreendimento custoso, e ao virar seu holerite às avessas rapidamente enxugara todas as suas economias e se tornara assíduo cliente de agiotas, um dependente da usura. Em pouco tempo, recebia investidas agressivas de credores e ameaças à família. Não sentiria se um dia se pusesse em pé e lhe tivessem tirado a mulher. Mas, por mais que olhasse para o filho e brevemente lhe saltasse à consciência-maricas, não conseguia assimilar a ideia de perder o único herdeiro. Certa tarde fora rebaixado em frente do moleque, quando o tiraram de uma padaria aos tapas e colocaram de joelhos na calçada pública, a clamar por sua vida. A criança, ainda mais que os passantes, chocou-se, os olhos marejados. Perdia a figura paterna, embora o homem continuasse vivo. Vendo-a naquele estado, o promotor sentia que havia falhado em sua função de pai e era o homem mais baixo da terra. Tratava-se de seu vínculo mais profundo. Compreendeu que, embora tivesse em mente criar uma prole ao lado da tanajura, não conseguiria abrir mão do ser ao seu lado, e estremeceu quando colocaram uma arma encoberta sobre a inocente cabeça dele. Implorou e fez juras.

O que valeria o alívio de saber que a sociedade considerava o sofrimento dele, pai, punição suficiente por ter imprudentemente tirado a vida do próprio filho? O promotor agora insistia naquela pergunta com conhecimento de causa. O rapaz refletia sobre a questão, paradoxalmente a resposta a sua própria dúvida. Ao delator, qualquer que fosse a resposta, ela representava o saldo excedente daquele caso, que já lhe havia servido para enxaguar a imagem pública. Tão logo expirasse sua dívida com o sistema judiciário, usaria o restante para restabelecer sua existência de homem intocável. Significava, também, que não teria de extenuar ainda mais seu relacionamento com o cunhado, a pedir que viesse em sua salvação. Com sua notória demonstração de virtude, tudo começava a voltar ao normal. Recuperava gradualmente sua função e podia ver a namorada com mais frequência. Suava em sua cama e perdia o sono quando pensava que rumores sobre o incidente da padaria pudessem alcançar os ouvidos do traficante. Por isso, planejara minuciosamente o telefonema e aquele encontro e conhecia com precisão o preço que precisava cobrar. Possuía homens poderosos em órgão superior, ávidos por comercializar absolvições e ordenar novos julgamentos. Bastava seu intermédio, empresário. Como ele mesmo fora anistiado, santo de casa. Ninguém melhor para ditar o valor de um bem que o próprio freguês, entretanto, e sabia que o rapaz não responderia àquela pergunta com ligeireza ou falta de comprometimento. Para o pai, era a oportunidade de registrar o imenso pesar que se encerrava em seu ser. Por menos que pudesse ser ouvido pelo guri, queria que os jornais e o universo o soubessem. Pois assim, de alguma maneira, estaria ciente também o espantalho, que um dia fora concebido para sorrir e se desenvolver e andar em quase círculos como todos os outros.

Ao receber nas costas o tapa, à soleira do fórum, soube que havia alcançado o cânion mais profundo de sua vida. Uma grota escura e solitária em cujas paredes uma minúscula chama que constantemente ameaçava se extinguir projetava imensas sombras de tudo o que era pequeno e insignificante. Então, a mesma mão que com o peso de um carimbo oficializara sua queda se esgueirava naquele buraco oferecendo-se para tirá-lo dali. Como ele jazesse aberto e exposto para quem quisesse ver, sentia-se fisgado nas entranhas por um gancho forte de titânio, que com seu frio metálico suavizava a dor daquela penetração. O que lhe era ofertado era a oportunidade de reconhecimento público de sua aflição, como fosse um pai que havia perdido o que mais amava no mundo. E, pior, teria de viver com a constatação de que havia roubado a si próprio desse bem. Queria que constatassem o quanto sofria, que na verdade havia sido a outra vítima de si próprio, e que antes tivesse encontrado piedosa morte como o guri. Estripado que fora, tendo perante os olhos o ponto mais obscuro de seu ser, olhava pasmo e desejava que todos vissem. Que se sentissem impotentes mediante o quanto ele já padecia, que notassem o quão vãos eram seus métodos e o quão ínfima poderia ser qualquer punição levando-se em conta o castigo que ele já se impusera. Que descobrissem que era o mais digno de pena entre todos os pobres coitados. Pois a percepção social de sua imensurável dor já seria, em si, validação de sua identidade de pai — máscara da qual o haviam tentado desassociar. Tinha diante de sua pessoa a possibilidade de reconquistar o direito ao luto. Como fosse ele alguém que, acima de tudo, chorava a morte de um filho. Diziam ser esta a mais dura realidade que um ser pudesse assimilar. Tal como uma gata que chora alto pela casa a falta de filhotes que, apesar de presentes, já partiram. O ninho está vazio de vida. E saudades piores não há que aquelas que — sabe-se — não se podem matar.

A memória do menino haveria de assim ser vingada, passando de um objeto do qual alguém se desfaz para o sujeito de um mundo íntimo que sem sua presença não mais possuía qualquer sentido. Para além de ser digno de compaixão, comandava amor. E essa deveria ser a última palavra no deprimente espetáculo de sua morte. Nos jornais, as fotos do menino triste e solitário haveriam de ser substituídas por poses orgulhosas de seus pais ao seu lado, em uma das muitas ocasiões em que ele parecia ter driblado, de vez, a própria expiração. Falsos sinais. E de notícia em notícia o rapaz esperava montar um dossiê, como para provar a si mesmo que era merecedor de perdão. Ou talvez para convencer o filho, em fictício reencontro, da natureza acidental dos fatos. Sobretudo sentia a urgente necessidade de expressar para o guri a enormidade de seu sentimento de perda. Sentia deveras com aquele silêncio forçado e eterno. De alguma maneira, precisava se desculpar com ele. E, já quando chorava debaixo do chuveiro, não mais era com o choque da privação, mas com o peso da culpa que carregava sobre os ombros e da qual não podia se livrar. Se por todos os cantos ecoasse seu arrependimento ao ponto de criar comoção geral e mesmo empatia, de alguma maneira aquele desespero haveria de alcançar a ciência inconsciente do guri, e juntos elaborariam sua fatal partida. Em sua solitária prisão interior ele pagava dia a dia por seus crimes, um constante afogamento em sua contrição. A mágoa vinha em gigantes ondas de lhe cobrir a fronte e o sorver, cavando gigantescos abismos sob seus pés de lhe tirar o chão. Em sonho o espantalho construía castelos na areia — e tentava recuperar um pouco de fôlego para a ele pedir ajuda. Mas quando abria os olhos novamente o embalsamado também era engolido por aquele maremoto e se extinguiam ambos, juntos porém separados. Somente queria obter do estafermo sua absolvição através da indulgência social, antes que fossem por completo tragados em sua respectiva e solitária insignificância. Negro nos olhos fechando-se. Por ora, recebia do universo apenas o frio do silêncio do mergulho na morte.

CAPÍTULO

8

No Cerrado, o sol do meio-dia estalava e rachava mamonas. Rapidamente cozinhando em seu veículo apesar de abrigado sob a copa de uma árvore, o rapaz mantinha os olhos fixos na antiga residência através dos vidros empoeirados. O pó vermelho era ubíquo e levantava das rachaduras do asfalto e das áreas não urbanizadas do centro da cidade. Ruínas modernas. Em dias como aquele, o pai sempre pensava em sua cria, sufocando em caixa de concreto quente e abafada. Não sabia, mas uma parte dele vivia naquela construção de paredes grossas e telhado alto, um oásis de frescor em que o guri repousava, quase sorrindo, em fotografias que ocupavam lugar de destaque no doentio mural de cortiça do holandês. Protegido atrás de robusto gradil da década de 1920, permanecia isolado na singela moradia a maior parte do tempo — acompanhado, somente, por seus companheiros de taxidermia. Duas vezes ao dia, entretanto, recepcionava seu orgulhoso segundo criador, à hora do almoço e ao fim da tarde, quando este entrava pressuroso, carregando sob o braço o pacote acinzentado de bife que mal podia esperar para esmiuçar. Enchia-o de calor, pois era uma de suas melhores invenções — provavelmente a mais grandiosa —, e o fazia contente a noção de que permitia a suas criaturas alcançar na morte o potencial que não haviam podido realizar em vida. De fato, a projeção obtida por aquele espantalho era inimaginável mesmo para os mais ambiciosos dos progenitores. A temperatura atingia níveis insuportáveis. A terra fervia.

Quando o legista por fim pôs os pés na varanda de casa, o rapaz já suava rios de não querer vê-lo. A camisa colara no corpo e se tornara transparente, a respiração se tornara rasa e rápida e a mente parecia cada vez mais aérea. Com o abaixar da pressão, sentia o estômago revolto enquanto o organismo se exauria. Uma vez que o sono pareceu começar a abatê-lo, deu-se conta de que em breve encontraria o mesmo destino do guri, e saiu do carro e se sentou na sarjeta para tentar se recuperar. Foi então inundado pela vergonha, por não ser forte o suficiente para aturar aquilo a que havia submetido o garoto. Chorou — e as lágrimas como que o refrescaram de alguma maneira, esparsas gotas de chuva em um deserto. Conseguiu controlar-se apenas quando se lembrou de que não submetera o menino propositalmente àquilo, que a situação estivera fora de seu controle, e que, se o garoto tivesse sobrevivido, saberia perdoá-lo. Daquele ângulo, pôde apreciar a casa do legista, imponente em sua singeleza com a astúcia de quem já vivenciara muitas vidas. Havia muitos anos, a construção abrigava geração após geração daquela família, desde a chegada do primeiro psicopata que fugia do noroeste da Europa. Como uma atriz desfigurada, via-se em sua fachada as marcas das incontáveis reformas levadas a cabo por seus ocupantes pequeno-burgueses, descaracterizando completamente sua arquitetura em busca de modas passageiras e da ostentação de um mínimo de status que não possuíam. Assim como o retorcido teto que tinha sobre sua cabeça, o holandês não era infalível. Tampouco estava em condições de refutar a necessidade de se reafirmar socialmente por meio do que é tão imediato quanto superficial.

Haveria de se questionar a motivação de um sujeito em sustentar uma causa tão duradoura em um caso em que a mais essencial das motivações humanas continuava sem resposta. O holandês era um fim de linha, o último de sua geração. Durante a infância de afirmação excessiva, aprendera a nunca deixar o papel de filho. Era um arbusto que havia crescido retorcido ao pé de um muro e que no fender de seus frutos espalhava as sementes a esmo e sem motivo, enquanto todas as outras mamonas rapidamente se alastravam no complacente meio. Um pé de quê! Havia tempo, a maioria das conversas que mantinha era consigo mesmo. Em sua existência solitária e compulsiva, esquecera de se propagar. Diferentemente do rapaz, jamais tentara. Talvez por isso não fosse tão agudamente ciente da inutilidade de tais esforços. Replicando em seus pouco notáveis feitos as façanhas da burguesia capitalista, conservava a postura de quem construía um singelo legado, sem se dar conta de que tudo tinha um prazo certo para se autodestruir. Sobretudo, o brio que obtinha da perfeita realização de seu trabalho não condizia com seu acidentado histórico familiar e com sua inexpressiva posição social.

A proficiência técnica de seus relatórios estava além do nível de compreensão de juízes escolhidos por manjados concursos públicos. Seriam encerrados nos volumosos processos de que faziam parte até que os anos, ou as traças, ou a próxima enchente destruíssem tudo. Sabotava suas pequenas ambições ao não dar continuidade à espécie com uma criança, nem tampouco com um aprendiz. Quiçá fizesse melhor se, como a maioria de seus confrades, obtivesse capital excedente através do aluguel paralelo de seus meios de produção, de forma que pudesse clamar glórias mais relevantes em colunas sociais de fim de semana. Afinal, alguém em seu lugar talvez devesse se esforçar por alcançar metas ainda mais míopes.

Ao estacionar o carro do lado de fora de seu condomínio, o rapaz não tinha noção de que era tão ansiosamente aguardado. Caminhava em direção às escadas com os olhos fixos na placa de *vende-se* dependurada na janela de seu imóvel quando foi abordado. Visivelmente privado de sono, o promotor tinha o olhar profundo como o de um diabo-da-tasmânia e puxou-o de lado antes que pudesse se dar conta do que estava acontecendo. Queria esclarecimentos — afinal, possuíam um acordo. Tinha um ar de desespero e parecia prestes a perder o controle, o que amedrontou seu freguês. Notando o que acontecia, tentou ao máximo se controlar, mas era óbvio que vinha rolando na carniça sem poder devorá-la. Sua visita havia sido precipitada por uma discussão com tanajura, que recebera notícia dos recentes episódios envolvendo os usurários, muitos dos quais mantinham relações com seu irmão. Ela se preocupava com o que seria feito dele caso não controlasse a situação. Pior ainda, temia pela própria sorte caso o traficante viesse a descobrir que ela tinha ciência da questão. Assim, julgava por bem manter uma distância segura do amante enquanto o problema não fosse resolvido. Isso o levava à quase loucura. Andava de um lado para o outro freneticamente e batia nos ombros do rapaz repetidas vezes, empurrando-os com as pontas dos dedos. Os sons que produzia eram assustadores, e por fim seu interlocutor chorou sob a pressão. Jurou que estava a fazer o que podia, e pediu paciência, pois a venda do apartamento era a única maneira de juntar a quantia pedida. Ameaçador, o representante do Ministério Público afirmou que a justiça era impaciente e vingativa. Entrou no carro e partiu, os pneus cantando um trecho do hino brasileiro.

O gosto amargo na boca seca novamente causava náusea no rapaz. Quando chegou em casa tão obviamente consternado, chamou a atenção da mulher, que nos últimos tempos aparentava estar em melhor sintonia consigo. Perguntou-lhe o que havia ocorrido e ele, sem recorrer a subterfúgios, contou tudo em riqueza de detalhes. Tendo em vista o grande apoio que a esposa lhe vinha oferecendo durante todos aqueles meses desde a morte do guri, sua reação não foi surpreendente em sua natureza, apesar de o ter impressionado em seu tom. Sem demora, ela sentou-se ao telefone e, com a voz alterada, indagou ao corretor de imóveis sobre o motivo de ainda não terem conseguido um comprador para o apartamento — o que era estranho, uma vez que o mercado estava aquecido já havia muito tempo. Sentado ao lado dela, o rapaz podia ouvir a hesitação do profissional do outro lado da linha, e insatisfeita ela desligou o aparelho sob o eco do sobreaviso de que estaria procurando outro agente. Ao fim da conversa, abraçou o marido e comiserou-se com ele — vinha trabalhando com afinco para que fosse lavada a honra de seu filho. Desde a proposta do promotor, vinha mais esperançosa e animada, ansiosa por botar a última pedra sobre o túmulo do guri e começar de novo. O rapaz sentia-se grato, após tudo o que havia pensado a respeito dela, e pela primeira vez desde o seu casamento tinha a sensação de que se bastavam um ao outro.

Pôs-se a pensar a respeito de como a mulher havia funcionado como uma âncora durante a tragédia que se abatera sobre eles. Parecia biologicamente programada a defender sua família, por mais que esta tivesse sofrido grande e irreparável desfalque. Refletiu sobre os motivos toscos e egoístas que haviam guiado seu comportamento até ali, e sobre quanto a esposa segurara o bastião da família, ainda que ele a culpasse por tudo o que de ruim lhes ocorria. Ela não tivera apenas um filho. Reproduzia os valores da sociedade como se seu instinto mais básico fosse o de preservar o meio que habitava. Fazia isso com invejável tenacidade, sem jamais perder a visão de seu objetivo. Conservava, tal qual o álcool ao DNA, e imediatamente rejeitava tudo o que era estrangeiro ou simplesmente novo. Somente então o biólogo compreendia que tal determinação estava por trás da repulsa dela durante os meses que ele passara como um zumbi, levando à morte do menino. Sentia-se rechaçado, secretamente implorava que demonstrasse um mínimo de empatia para consigo e a odiava quando ela se recusava.

Havia sido treinado a sempre esperar identificação afetiva do feminino, ao passo em que ela primeiramente levava em conta os riscos oferecidos à preservação do *status quo*. Afinal, tinha sempre uma visão muito mais ampla que a dele, constantemente envolvido em conflitos egocêntricos, regido por motivações individualistas e muitas vezes destrutivas por serem antissociais. Ela cuidava da estabilidade do ambiente, mantendo o ninho sempre aquecido e nas mesmas exatas condições, ainda que fosse para receber as crias das outras.

Virou-se para ele e quis saber o resultado de sua audiência com o inventor do espantalho. O rapaz não tinha o que dizer. Abaixou a cabeça, envergonhado. Ela sorriu como quem já esperava aquela fraqueza, porém olhou adiante. Passou a mão pela alça de sua bolsa, tomou as chaves do carro e esperou à porta por uma atitude dele. Aquém do desafio, atrapalhado e passivo, ele se pôs em pé e aceitou as chaves, motorista que era. Durante todo o percurso não trocaram uma palavra, mas o marido sabia que até chegarem a seu destino teria de crescer colhões. Seu pescoço congelara, porque se encolhera ou porque não ousava olhar para os lados. Sentava baixo ao volante, como se carregasse no capô do carro o ataúde aberto do menino e todos o encarassem com olhos de indagação. Humilhação. Em tais momentos, no entanto, apesar de resoluta a mulher tinha sempre um sorriso no rosto e ele se sentia como uma criança encorajada pela protetora a fazer algo pela primeira vez. Deslizar no escorregador de um parque. Estaria seguro. Tinham em quadro na sala de estar uma fotografia na qual ele, por truque de perspectiva, cabia nas mãos dela — as palmeiras do parque ao fundo. Pernas e braços juntos, roupas largas, um sorriso bobo. Infantilizado e diminuído. Sua mãe nunca lhe dirigira aqueles generosos sorrisos de aprovação — porque ele era escuro e esquisito e filho de um vendedor de bilhetes de trem, não loira barrigada de um missionário Mormon de passagem em terno e gravata. Sentiu-se preparado. Mas, então, ela o carregou no colo.

Sentados diante do legista à antiquada mesa de cozinha dele, aguardavam que sua bomba para a asma fizesse efeito. O homem estava branco e suas mãos tremiam — não se sabia se por ofendido ou por não acreditar em seus ouvidos: ficaria rico. Descruzou as pernas. Escorregou na cadeira. Sua camisa de linho amontoava-se na parte superior de sua grande barriga, onde o suor também empoçava. Gotículas se acumulavam em seu buço e sobrancelhas e lhe escorriam pela face, caindo na roupa. Limpou o rosto com os peludos braços. Olhou para o casal como se quisesse lê-lo. Enfim, levantou-se, dirigiu-se à geladeira e serviu aos visitantes algo para beber. Deixou ambos confusos, sem saber se comemoravam um acordo ou se perdiam seu tempo. No mesmo instante, começou a falar das nuvens que passavam sobre a cidade e do quanto seria bom se finalmente viesse a chuva. Rapidamente, meia hora se foi sem que tivessem tocado em outro assunto que não o clima. O holandês, então, levantou-se novamente e colocou na geladeira o pacote de bife que não tivera a chance de desembrulhar. Tornou os olhos para os jovens e disse que os acompanharia até a porta, pois já estava atrasado para retornar ao trabalho. O rapaz rapidamente acatou sua decisão, entretanto a mulher permaneceu no meio da cozinha, inconformada. Levantou a cabeça na direção do homem, pois era grande a diferença de altura entre eles, e lhe perguntou se havia considerado a proposta que haviam colocado diante de si. O dono da casa respondeu que não possuía tempo para falar naquela hora, e que não deveriam estar ali falando com ele mas, sim, com o advogado que já era pago para defendê-los. Ao caminhar em direção à porta e ver as fotos do guri expostas em macabro mural, a mãe parou e voltou-se mais uma vez para ele, sentindo-se ainda mais justificada, enojada pela recente violação.

Precisava garantir que, quando o promotor cumprisse junto aos altos escalões da capital o que havia prometido, teria no novo julgamento uma omissa rede burocrática pronta para pactuar com seu trabalho. Mencionou todos os sonhos que tinham para o filho e tratou das imensas dificuldades que haviam encontrado cuidando de sua frágil saúde, para por fim perdê-lo de maneira tão banal e traumatizante. Ele não haveria de compreendê-la, pois não possuía herdeiros. Porém, mesmo ele poderia se identificar com a incessante dor de dois pais que são privados da existência daquele que lhes era o bem mais valioso. Era castigo o suficiente ter de acordar todos os dias, sem qualquer opção de fuga a tão dura realidade. Que os ajudasse, então, a fazer jus ao nome do filho e realizar menção em seu relatório à tênue constituição do mesmo, que incorporasse as constatações dos inúmeros profissionais que haviam atendido o garoto em suas frequentes visitas ao hospital, e que declarasse que seu complexo quadro clínico havia sido o principal motivo da rápida piora de seus sinais vitais nos poucos instantes que passara dentro do veículo da família. Que admitisse que mais cedo ou mais tarde a saúde do menino teria se alterado para pior, impedindo que chegasse à fase adulta. Era improvável que ele sequer chegasse a completar uma década de vida. Acreditando que aquelas palavras doíam mais em si que em qualquer outro, a mulher já estava quase certa de que havia trazido o interlocutor para o seu lado da causa. Ao revés, ele rapidamente ganhou o tom vermelho vivo de um pimentão, e suas cordas vocais tremiam, produzindo sons agudos que não combinavam com seu porte físico. Disse à mulher que nunca fizera nem ao menos uma mudança em qualquer de seus relatórios, que a morte do menino havia sido um resultado direto do abandono paterno e que, sobretudo, ela blefava quando dizia que dispunha de qualquer quantia que ele pedisse para esse fim. Sabia onde moravam e havia visto o carro que dirigiam. Ela rapidamente retrucou, esclarecendo que estavam se desvencilhando de seu imóvel para tal propósito, no que ele a interrompeu como não tivesse qualquer fiabilidade. Não se sabia se sua impassibilidade era devido a sua ética ou à firme crença de que aqueles dois não possuíam os meios necessários para o calar. Que olhassem para a foto do mural e se orgulhassem do menino, de cuja grandiosidade eles não eram dignos. Representava o seu melhor trabalho até então, e se em alguns milênios arqueólogos se deparassem com ele em uma escavação, haveria de ser encontrado intacto, tamanha era sua perfeição. Transcendia com facilidade a pequeneza de seu berço. Era uma bela múmia o espantalho.

Ecoaram aquelas palavras por longo tempo após terem sido ditas. O guri, que sempre havia vagado na intersecção da vida com a morte, tornara-se imortal. Não sem um empurrãozinho. Seu progenitor não somente atuara com a destreza de um especialista, como era reincidente. Nos arrastados anos na universidade, chorava fácil o papel da vítima, mas seu dedo sempre estivera apoiado sobre o botão acionador de grandes pequenas tragédias cotidianas. No apartamento de oitavo andar que habitava graças à gentileza de estranhos, seu animal de estimação vivia perigosamente à beira do abismo, cada vez mais ousado e confiante. Embora tremesse por dentro toda vez que o bichano se aproximava da grade da sacada, ziguezagueando os balaústres por dentro e por fora, o rapaz continuava a ser conivente. Certa madrugada o gato, sentindo-se brincalhão, escorregou pelo chão molhado da lavanderia e, calculando errado o passo, saltou janela afora. Ouviu-se o violento impacto e seu dolorido miado. Depois, calou-se e sucumbiu de um hematoma no coração. Imediatamente, o biólogo foi inundado pela culpa, de se sentir constantemente enjoado e ter pesadelos constantes. Havia algum tempo, vinha considerando aquele pulo — sua estima encontrava-se baixa havia alguns meses e não via como as coisas poderiam melhorar, indigente de quase formação universitária que era. A depender de sua família, por certo seria enterrado em uma cova rasa e temporária qualquer, seus restos a serem exumados e descartados brevemente. A tal altura, pouco se importaria. Assim, vinha curioso para saber quem experimentaria o tratamento primeiro, ele ou o animal. Raros eram os dias em que não tinha o ímpeto, mas todas as vezes que imaginava a queda via-se quicando na grama macia do jardim abaixo, sobrevivendo a ela e vendo-se obrigado a criar explanações sobre seu comportamento e se acertar com sua religião. Quando o gato caiu e vazou o telhado de um prédio anexo, no entanto, compreendeu que não era a morte que ele buscava, e a partir de então passou a ter pesadelos com seu próprio fim.

Com o nascimento do menino, encontrou-se refém de forças subconscientes semelhantes. Desde a primeira vez que o vira, franzino e quase incorpóreo, sentiu-se refletido em um espelho de trezentos e sessenta graus de tal maneira minucioso, era como se tivesse acabado de passar uma semana em sessão com um exército dos melhores psicanalistas. Em sua vida, jamais houvera experimentado situação tão curta e profundamente transformadora. Aquele ser, então um estranho, imitava suas ações e pensamentos de maneira perturbadoramente perfeita. Havia deixado o próprio corpo e virava-se para si mesmo. Por longas horas, analisou cada aspecto do garoto com o mesmo interesse de alguém que vê seu registro em vídeo pela primeira vez. Nunca se imaginara tão raquítico e repugnante, suas proporções tão assimétricas, e somente aquele choque de realidade lhe permitia compreender sem sombras de dúvidas o porquê de ter sido preterido por tantas moças supostamente católicas e permissivas. Logo chegaram notícias da frágil saúde do filho e de seus inúmeros problemas para cumprir os aspectos mais básicos da sobrevivência diária. Veio, assim, a representar o mais duro golpe já sofrido pelo ego do rapaz, ainda mais destrutivo que a completa rejeição materna. Sem retorno, sentiu-se invadir por um incontrolável desejo de autoaniquilação personificado na figura do guri. Pelos meses que se seguiram, fez o máximo para reprimir tais impulsos, negando e projetando. No entanto, tais medidas eram tão efêmeras quanto ineficazes — a quantidade de energia dispendida, cada vez maior. E apesar de todas as suas racionalizações, simplesmente não conseguia elaborar a perspectiva tão insignificante e mortal que o filho havia lhe dado. Sua verdadeira intenção era deixar de alimentá-lo até que por completo murchasse e desaparecesse em si mesmo, retornando ao princípio do universo.

Um pelo em seu braço dava uma volta e apontava para si. Do outro lado do cômodo, era ele mesmo que chorava por atenção e esperneava no berço. Simultaneamente dividido e multiplicado. Retórico e reativo. Uma tempestade se formara em seu céu, e em um azul profundo de negra eternidade se aproximava da terra para com um ciclone sugar-lhe tudo que fosse passageiro e desimportante. Depressão tropical. Beijo de morte. O que via com os olhos que a terra haveria de comer era sua autoconservação cuspida e escarrada. Tão fiel quanto fraca e defeituosa. Quebraria aquele espelho. Pausa. Tomou em suas mãos uma diminuta camisa de seu time do coração, que havia comprado durante a gestação do garoto em esperança pouco ambiciosa. Colocou nele enquanto se dava conta que, se por esquecimento ou conivência abandonasse a tarefa a meio caminho, aquela criatura indefesa provavelmente se sufocaria e poria breve fim a sua desafiadora existência. O infinito em si então se manifestaria e estaria livre. Pausa. Teve orgulho daquela criança, carregando o escudo do time no peito da mesma maneira corajosa como enfrentava as adversidades hospitalares. Identificava-se com sua braveza. Também em sua infância fora fracote e malquisto. Exibia-o aos colegas e insistia em fotografias nos momentos em que se tinha por absoluto convencido daquelas ideias para tentar cristalizá-las em fatos. Mas ali, ao lado dele naqueles registros, não podia deixar de se sentir repelido, tal um daguerreótipo que precisava ser observado sob um ângulo específico de forma a refletir certa escuridão para que a imagem pudesse ser lida corretamente.

Ele era um ser mortal. Não o espantalho — ele, o seu progenitor. Refletido na criança, pelo resto da vida de ambos — ou de um deles —, suas falhas mais imperdoáveis eram destacadas como em um carro alegórico. Não podia deixar de notar o fim, derrotado por si próprio. Cada defeito elevado ao quadrado ou muitas vezes, ao cubo. Letais. Brilhavam como cobertos com purpurina. Alvo fácil. Coruja vinha em voo rasante a tentar carregar-lhes pelo couro das costas para oca escura e insalubre. Caverna. A lhes desfiar os nacos que se soltavam por si próprios como músculo bem cozido. Pratos feitos, prontos para serem destrinchados. Suas pequenas e incontáveis *patias* se tornavam indiscerníveis nas louças, uma vez servidas. Caso houvesse sido projetado para o fracasso, não poderia ser mais bem-sucedido. Havia sido criado, no entanto, para se perpetuar, e portanto representava nada menos que um choque de realidade, cruel como era. Um foguete que se lança para atingir um ponto surpreendente, mas que se desfaz flutuando em puro ar. Oxigênio. Precisava respirar. Aquele inquestionável aborto o sufocava. Sua perpetuação era mais transiente que ele mesmo. A ânsia de vômito o perseguia em sonho, e se via preso em um caixão, *enterradodesesperado*, a preenchê-lo com o suco de si mesmo, afogando em sua própria repugnância. Haveria de causar desgosto quando o descobrissem, enterrado em seu inconsciente. Um espelho a refletir um espelho a refletir um espelho a refletir um espelho. Eternidade afora, deterioração inclusa. O apodrecer do que já era infecto para começo de história.

Suas idealizações edípicas foram por completo estilhaçadas. O objeto de seu desejo havia se demonstrado um cálice peçonhento do qual se podia esperar, somente, perfídia. Não o imaginara — encontrar a morte dissimulada no leito matrimonial —, e seu amor conjugal foi prontamente substituído por grande angústia. Tinha medo. Sentia insatisfação, mas o receio o impedia de buscar contentamento. Era um pequeno castigado, a quem haviam sido feitas promessas de paraíso mas que recebera, em vez disso, impiedosa castração. Não mais reconhecia o próprio corpo, e sobretudo desconfiava de qualquer promessa de prazer. Enlutara-se e elaborava a perda daquela gigantesca parte de si mesmo. Navegava pelo mundo sentindo-se aflito e injustiçado, incapaz de ver no horizonte qualquer possibilidade de novamente ser feliz e completo, um dia. Certa noite, ao conseguir cair no sono após o consumo de uma garrafa de cerveja velha que encontrara na geladeira, sonhou que escalava uma montanha de inquestionável beleza natural. A trilha representava uma antiga tentativa de urbanização da área, e por toda parte podiam-se encontrar restos de concreto. A mata virgem parecia a tudo retomar, no entanto, e o rapaz estava ávido por desvendar o encanto local ao lado de um amor idealizado do passado, que aparentemente não havia esquecido. A região apresentava muitos perigos, porém, pois era controlada por violenta gangue, e apesar de todo o desejo de beber na fonte daquele amor, durante a completa duração do sonho não se sentiu seguro. Acordou extremamente ansioso e descontente, e por todo o dia nada encontrou que o tranquilizasse ou diminuísse sua aflição.

Pelo contrário, adoeceu. Passou a sofrer com uma dor crônica nos testículos, de irradiar pelo quadril e costas e de causar também desconforto abdominal, a desenfrear ânsia de vômito incontrolável. Gastava dias inteiros debruçado sobre um vaso sanitário, a pôr para fora as entranhas. Os dias no escritório eram ainda mais difíceis, sentado que tinha de permanecer sobre sua injúria. Exames médicos, no entanto, nada revelaram, e resistia a todo custo à ideia de compartilhar seu novo padecimento com aqueles ao seu redor. Acima de tudo, não queria que notícias de sua fraqueza chegassem aos ouvidos da mulher. Um dia, após um almoço, ao se sentir mal confidenciou-se com a mãe, mas não obteve dela qualquer preocupação ou mesmo empatia. Disse-lhe que se os exames hospitalares nada haviam encontrado, era porque não haveria de ser nada — e deveria tirar aquilo da cabeça. Aquela noite teve uma de suas piores crises. Trancou-se no banheiro e mordia uma toalha enquanto rugia de dor. O frio suor escorria-lhe pela face, e ao mesmo tempo sentia-se quente como se ardesse em febre. Assim passou as horas mais solitárias da madrugada, semideitado sobre gélido azulejo. Teve delírios de abandono materno, não sem antes ter sido preso e amarrado em uma jaula. Pelos quadrículos, ele a via se distanciando sem olhar para trás. Depois de então, doía-se somente quando a mulher o tocava — choques elétricos ressoavam por seu corpo a partir de seu escroto.

Era um homem sem propósito. Jamais fora preparado para ser completo em si mesmo. No entanto, havia sido preterido da maneira mais cruel e inquestionável pela natureza. Não possuía cacife para se perpetuar na terra. Sua mãe estivera correta ao desdenhar daquele rapaz desde o primeiro momento. Quer porque talvez houvesse encontrado algo de fundamentalmente errado com ele, quer por possuir o que chamavam de intuição, sua mãe o rejeitara definitivamente e o fato era que alguém, que nem sequer a própria mãe havia conseguido conquistar, não seria merecedor da aceitação do universo. Que erro evolutivo de planejamento que pudesse ser encontrado em sua carga genética o tornava indigno de procriação? Muitos havia que, não obtendo sucesso em uma primeira tentativa, insistiam em um segundo ou terceiro esforço. Mas ele, mesmo passando grande parte de seus dias sentado em um escritório a marcar documentos com os mais variados carimbos, não havia esquecido as ideias de Darwin que lhe haviam sido muito bem incutidas durante os anos na faculdade. Era verdade que não sabia bem como conciliar tais teorias com a teologia que lhe era servida todo final de semana, primeiro na missa, e então no grupo jovem onde havia conhecido a esposa.

Tampouco tentava, afinal nunca fora dado a maiores questionamentos. Decorava os livros e repetia os sermões, certo de que no final seu criador haveria de ter motivações desconhecidas pelo homem. Assim se sentia naquela circunstância, muito embora já àquela altura se achasse indigno de seu criador, ou o criador indigno de si. Encontrava-se tão sobrecarregado que não possuía a stamina para considerar maiores desdobramentos. Tentava se aceitar como era, um inválido, para então encontrar sua nova posição no mundo. De certa maneira, sentia-se liberado por ter completa certeza de que fracassara, e uma paz interna tomava conta de seu ser. Tão inebriante quanto descomprometedora. Pois mesmo os seres mais simples possuíam obrigações com a sobrevivência de suas crias, uma vez que as haviam colocado no mundo. Ele, por outro lado, sentia-se quase totalmente descompromissado — porque o guri aparentava não passar de uma bomba-relógio genética.

Em um aspecto, havia deixado de existir. Sim, tinha fome, e respirava, e vivia, mas havia se livrado de vários programas biológicos, supérfluos como se haviam anunciado. Após a necessidade e a tensão que levam ao gozo, o alívio. Sabia que o que vivenciava era uma bênção reservada apenas aos mortos. Pois sob aquela perspectiva, morto ele já era, ao menos geneticamente, ou no que concernia à conservação de sua espécie. Parte de si descansaria em paz — a parte que deveria se preocupar com o bem-estar do espantalho. Racionalmente, porém, não conseguia se conciliar com tal pragmatismo. Duelava constantemente consigo próprio à meia-luz, pisando sobre a própria sombra pelos cômodos do apartamento enquanto caminhava no meio da noite. Inúmeras vezes lembrou-se da necessidade de evitar o que havia ocorrido quando da queda mortal de seu bichano. Ser deixado para trás para imaginar o fim. Apesar de um pouco atrasado, queria que sua consciência fosse a primeira metade a partir. Então, a outra metade que já parecia estar desconectada do mundo. O guri, sua metade biológica, viria depois.

Pois em sua batalha consigo mesmo conseguiu neutralizar a figura paterna que trazia em si. E como morto-vivo que era, sabotava a segurança do menino sem se dar conta do que estava fazendo. Assim, plantava pequenas armadilhas pela casa, a dar ferramentas ao garoto para que cortasse o delicado elo que o ligava ao mundo. Objetos eram deixados no meio da sala de estar para que tropeçasse, facas e medicamentos ao seu alcance na cozinha e nos quartos, e muito mais sabão que o necessário despejado na banheira, de forma que talvez o menino escorregasse vida afora — imperceptivelmente. Quando dormia, observava-o atentamente a ver se ainda respirava. De forma velada, o rapaz esperava encontrá-lo desfalecido toda vez que entrava em um cômodo — e decepcionava-se quando o pequenino o recepcionava com um generoso sorriso. No trabalho, quando o telefone tocava, atendia-o querendo ouvir a voz da mulher, desesperada do outro lado do aparelho. Quando se frustrava e o verdadeiro motivo atingia certo nível de consciência, sentia-se extremamente culpado. Toda a autoflagelação era em vão, entretanto, porque o desejo de que o guri perecesse era continuado. Em sua confusa religiosidade, rezava para que Deus o tornasse uma pessoa melhor e implorava ao diabo para que parasse de o atentar.

De pronto, tornava-se cínica e criticamente ciente da natureza delirante de sua fundação religiosa, mormente preocupada com a negação da finitude de tudo, a forjar justificativas e propagar distrações. Nada mais era que um outro reflexo de seu desamparo infantil. Mamãe. Do pó cósmico fora feito e ao mesmo voltaria, sem porquês ou sentidos, segundas chances ou extensões. Compreendia, então, que, em si, sua reprodução nada mais fora que uma busca pela imediata cessação de todas as tensões e sentidos, uma tentativa de encontrar o quieto equilíbrio, como a paz que se encontra na morte. Descanso. Sua vã experiência de autoconservação havia sido uma mal orientada procura pelo fim. Mas em vez de estancar sua agonia, somente a perpetuara. Havia tomado um atalho e pagava por aquele desmazelo. Era hora de agir com firmeza e levar a um arremate definitivo todo o sofrimento que causara. Deveria demonstrar a tenacidade que não tivera quando optara por não se jogar das alturas. Haveria de mergulhar no nada duas vezes. A primeira por seu filho, a segunda por si. Ou vice-versa, estava confuso. O pulsar do coração ouviria claramente, como se usasse os tímpanos por zabumbas. Seus membros latejariam e arderiam como invadidos por uma febre violenta. Sentir-se-ia grande, expandido. Um zunido entorpecedor tomaria conta de sua mente. Então, uma tontura, uma vaguidão... e lentamente, a calmaria. Desapareceria em si. Retorno.

Após deixar a mulher no trabalho, pelo retrovisor notou como o menino permanecia imóvel no banco traseiro — era indiferente ao mundo exterior. Um ruído insistente vindo da região na frente do automóvel o incomodava. Como bala de fuzil, perfurava as instâncias de seu ser. Eu, ele, isso. Buraco, rachaduras, estilhaços. A brisa que entrava pela janela entreaberta parecia fria — percorriam-lhe a espinha calafrios. O calor do sol amplificado pelo vidro a sua frente era reconfortante. A luz o invadia. Poderia tirar as mãos do volante. Soltou-se do cinto de segurança. Contorcendo-se e se alongando, libertou também o menino. Soltos enfim para se arremessarem pela atmosfera. Mas a cidade não permitia que alcançassem velocidade suficiente. O guri dormia — a vida lhe era irrelevante. O vento que entrava pela janela desarrumava seu ralo cabelo. O rapaz a fechou. Tudo permaneceu perfeitamente imóvel. Silencioso. Começou a se sentir morno e entregue. As pálpebras pesavam. Os olhos que ardiam pediam por elas. Um mormaço rapidamente se acumulava, tornando o interior do veículo insuportável. Uma grossa camada de suor já cobria o motorista. Mas o espantalho continuava corajosamente indolente. Já no estacionamento do condomínio, o carro estacionado, o rapaz continuava a observá-lo pelo retrovisor, como que hipnotizado por ele. Em um ímpeto furioso, arrancou o espelho e o arremessou ao chão. *Abrirfechar-se*. Havia tempos, vinha ameaçando se desprender. Logo, caiu em um sono profundo, que durou poucos segundos mas pareceu ter durado séculos. Acordou assustado, como se estivesse perdendo algo. A vida continuava altiva do lado de fora. Rapsódia. Sol si dó. Levou a mão à cabeça e, adormecendo novamente, levantou-se de forma brusca, saiu do carro e bateu a porta. O sol brilhava. A clareza daquele momento era demais para ele. Ardia. Manteve os olhos fechados enquanto abandonava o automóvel e caminhava rumo a seu merecido sono.

CAPÍTULO

9

A mulher assistia compulsivamente à gravação realizada antes da necropsia do menino, em que seu corpo era carregado de maca para uma ala externa do hospital. O pano branco que o cobria era erguido. Exposto ao intenso sol do centro-oeste brasileiro, ele era devassado como que sob um holofote. Os produtores levantavam-lhe as vestimentas, expondo sua nudez, e viravam-no de todos os lados em busca de deus-sabe-o-quê. Com unhas de esmalte que se soltava, apontavam hematomas e deformidades. Cochichavam sobre o tom amarelado de sua pele, e sobre a saliva que, já seca, havia escorrido pelo canto de sua boca. Havia chorado, como se podia constatar pelos cristais de lágrima sob seus olhos e pela sujeira em seu nariz. Peito abaulado, *pectus carinatum*. O videografista perguntava se era possível encontrar sinais de que o garoto era maltratado pelo pai. Reviravam-no novamente, e voltavam às mesmas lesões enquanto discutiam a possibilidade de violência doméstica. A trilha sonora se tornava ainda mais realista com as fortes pancadas do remexer do guri em sua tábua de carne. Então, um ruído era escutado, vindo do interior do necrotério. A trupe cobria o defunto e se escondia atrás de uma parede, a esperar. Trincheira. O movimento na sala se tornava mais intenso. Depois, silêncio. Os produtores ameaçavam retornar a sua caça. Hesitavam. Uma voz sugeria que esperassem. Desligavam a câmera. Quando esta era ligada novamente, via-se o holandês se aproximar do menino, surpreso em encontrá-lo tomando um banho de sol. Conversava com ele carinhosamente, como uma dona de casa com suas plantas. Palavras inaudíveis. Por fim, arrastava-o para dentro de sua alcova. Uma aranha e sua presa, embrulhada em sua seda. A equipe os seguia, e filmava da porta entreaberta que se comunicava com o átrio. O legista dava início a seu ritual. Hit no Youtube, acompanhado de sugestões de vídeos sobre as autópsias de uma prostituta americana com um rim maior que o outro, de uma pobre chinesa, de um indivíduo acidentalmente vivissecado, de um homem do gelo. Milhões de espectadores. A mãe, chocada, não podia deixar de se perguntar se tal violação do corpo havia influenciado os resultados do exame. Esse *insight* havia sido ofertado pelo promotor, quando do recebimento de sua maleta de dinheiro. Pague 1, leve 2. O rábula sentado logo ao lado roubava-lhe a ideia, a qual incorporou no recurso.

Em concordância com a argumentação apresentada, ditou o tribunal não somente que novo julgamento fosse realizado, como também que fosse descartado, por completo, o laudo resultante da análise cadavérica. Tendo em vista a bruta manipulação do corpo antes da necropsia, assim como sua exposição por tempo indeterminado a agentes externos, não se poderia discernir os fatores que haviam motivado a morte, uma vez que o intenso manuseio havia ocorrido poucos momentos após a fatalidade. Publicamente o legista protestou. O fim da vida do guri havia sido um resultado direto do tempo que passara trancado naquele carro. A impossibilidade de distinção dos fatos ocorridos antes e após a morte era uma falácia. No que foi questionado o porquê de, sendo este o caso, não ter sido mencionado em seu relatório um possível manejamento do guri após o falecimento. Seu longo silêncio apontava para uma falta de persuasiva resposta, mas surpreendeu. Retrucou que lesões superficiais *post mortem* levavam tempo para se manifestar, e que eram inequivocamente diferentes das que ocorriam *pre mortem* ou *peri mortem* — as quais havia, de fato, encontrado. Intimidou os jornalistas momentaneamente, porém um deles ousou quebrar o silêncio. Este lhe indagou se o verdadeiro motivo de não haver descoberto tais evidências estava relacionado ao fato de que partira para a examinação do defunto com uma teoria preconcebida, a que lhe havia sido transmitida pela polícia, e assim somente buscara provas que pudessem basear sua suposição. O holandês ficou vermelho. Furioso, suas raízes ancestrais pareciam querer romper-lhe a pele. "Os cadáveres berram a sua circunstância de morte, mas apenas ouvidos treinados e éticos são capazes de ouvi-los", replicou. Suas palavras já não tinham peso ou ressonância, entretanto. Havia recebido baixo golpe em uma guerra de peitas e discursos, e a opinião pública havia mudado em massa para o lado do pai, sem que pudesse perceber.

Arguiu que era um profissional experiente atuando na área havia anos, e que podia sem sombra de dúvida afirmar que aquele era seu mais completo trabalho. Mas nem sequer os eruditos magistrados do tribunal concebiam a significância de seus esforços e achados, e se sentia não mais que um estrangeiro também no mundo das ideias, incapaz de se comunicar ou ao menos fazer ouvir. Um excluído de espécie. Fora rebaixado, sua carreira de décadas jogada no lixo. Então alguém na sala lhe perguntava se havia ganhado algo em troca da autorização para que a equipe de TV vasculhasse o cadáver.

Desligou a televisão. Tinha dificuldade em acreditar no patético papel desempenhado por aquele indivíduo, a implorar em cadeia nacional que respeitassem seu trabalho. Já era sabido que o perito costumeiramente precisava pôr a mão no próprio bolso para providenciar os reagentes químicos e instrumentos, de forma a garantir o funcionamento de seu tão desprestigiado setor. Após tal demonstração de público descrédito, certamente teria de disponibilizar uma sala de sua própria casa se quisesse manter o emprego, após ser transferido para um vilarejo afastado qualquer. Desconectou o aparelho da tomada. Haveria infortúnio maior que o descrédito social? Por esse motivo, o promotor sempre se certificava de que sua atuação se encaixava nos moldes daquilo que era socialmente aceitável — o que, em uma sociedade governada por pretensões aristocráticas europeias, significava uma deturpação de noções de certo e errado, e excessiva valorização de aparências por meio da associação com grupos. Mesmo com o estômago embrulhado, precisava deixar a sala de TV e voltar à companhia de seus convidados. Estava de volta ao topo o representante do Ministério Público, e usufruía do respeito de seus pares. Congregavam em volta de sua humilde piscina, a qual sua sagacidade permitira que mantivesse. Acima de tudo, alegrava-o poder gozar da companhia de sua tanajura com a benção entusiasmada do cunhado, mais impressionado que nunca com sua astúcia e utilidade para os negócios da família. Mesmo o filho aprendia a apreciar a presença da futura madrasta carregadeira, e não parecia se importar em ver a mãe a todos servir como se fosse apenas mais um membro da criadagem. De certa maneira, a mulher legítima ressentia-se da existência de outra, mas reconhecia a importância desta para a economia familiar e ademais era grata pelas noites em que ajudava a manter o asqueroso marido à distância. Evitava seu hálito de abutre. Não fora por um acaso que não tivera mais filhos — muitas vezes, não conseguia se convencer das histórias romanceadas que se contava para permanecer ao lado daquele homem, por quem tão pouca veneração possuía. Todavia, era recatada e jamais levara a ele ou a qualquer outro sequer um quê de reclamação. Enquanto o promotor a olhasse como uma serviçal, não se lembraria de pedir o divórcio, e talvez assim ela se esquivasse de ter que entrar na fila da pensão alimentícia no fórum. Engordaria junto com ele, e até para o filho bastardo de tanajura serviria como madrinha ao lado do marido, se lhe pedissem. Quando o homem morresse precocemente de um enfarte fulminante, então estaria ela lá em todas as audiências a negar com as suas poucas letras a existência de pequeno espúrio qualquer. Por então, saciava-se de vez em quando com um pedaço de churrasco enquanto andava com a bandeja a servir um ou outro convidado. Como eles, também possuía dentes de ouro para triturar a nutritiva quase carniça social em que vivia. O promotor olhava além dela, ignorando seus pequenos delitos.

Atravessando o mar de jornalistas à porta do fórum — cama de espinhos —, o rapaz mantinha a cabeça erguida e uma disposição altiva como houvesse novamente encontrado um motivo para sorrir. Ao cruzar seu caminho o acusador, seus olhares se puseram ao través de um e outro, como dois estranhos em motel onde se deitaram juntos. A sala lhe era muito menos fria desta vez, no entanto, e soube de imediato que o *momentum* havia mudado. Sua alma se sentia mais leve. A juíza lhe dirigiu um discreto sorriso, como se os questionamentos — quiçá infundados — a respeito do laudo do holandês significassem automaticamente a inocência daquele pai. Um crucifixo jazia acima da cabeça daquela mulher, controlando-lhe os pensamentos, apesar de viverem em um estado supostamente laico. Poderia ser o menino naquela cruz, olhando para o biólogo e iluminando seu caminho — assim fazia soar a mídia. Se bem que as fotos daquela criança, estampadas havia meses em todas as telas e impressos, manipulassem todos de estranha maneira, a verdade era que diante do promotor o biólogo deveria se ajoelhar e rezar, pois era ele seu santo milagreiro. O rapaz, jovem Moisés, após quarenta anos passados no deserto, tivera o mar aberto para si, um sacrifício o esperando quando descesse do outeiro. Do outro lado da montanha, podia ver o sol se pôr, sua bela luz dourada irradiando pelas nuvens, repartindo-as tal qual a vaca universal moldada por seu irmão. Em breve, o ídolo seria destruído e o sol se esconderia para sempre. Não possuía ciência disso, porém, o biólogo. Julgava-se quase justificado, perdoado pela conivente mão da sociedade. Por eles era visto como um mártir, a elaborar repetidamente a mesma perda. Também os filhos do profeta haviam sido carbonizados sem maiores avisos, velas que eram.

Obrigado a vivenciar mais uma detalhada recontagem dos fatos, o rapaz por vezes abaixou os olhos como nunca os devesse ter levantado. Sentiu-se tão perturbado como quando lutava para recalcar suas mais negras pulsões, desta vez experimentando todo o desprazer que afrontara a si mesmo para evitar. Durante as exposições, era impossível reprimir flashes que tocavam repetidas vezes em sua mente. Quando deu por si que havia deixado o menino no carro. O descer desesperado a escada, confuso pelos pensamentos que cruzavam seu raciocínio. O abrir da porta do veículo e a visão do guri ali, estendido. O arrebatamento ao tomá-lo nos braços. Os pedidos desesperados de socorro. A culpa. Recalque. Começava a tremer, a quase chorar. Não conseguiu se conter. Chorou de forma copiosa, e impava tão escandalosamente que a sessão teve de ser interrompida. Deram-lhe um copo de água com açúcar, mas precisou de quase meia hora para conseguir se dominar. Olhavam todos para ele com imensa pena, como se por fim pudessem ver toda a dimensão de sua cratera interior, como a merecesse. Tamanhas proporções atingiu a empatia pública naquela sala, ele próprio se convenceu de seu vitimizado luto. E com o agradecido auxílio de ansiolíticos, conteve-se para assistir ao restante da exposição. Uma vez passado o debate dos aspectos mais vividamente grotescos, novamente pôde parte de si se acalentar com ideias vagas e reconfortantes, por mais delirantes e falsas que fossem. Ele havia sido uma ferramenta no desempenho de uma vontade superior. O menino houvera cumprido seu destino, estava em um lugar melhor e seu sofrimento havia chegado ao fim.

Mil desculpas. Era o que a outra parte de si pedia silenciosamente àquele que um dia fora seu filho. Aos poucos, na previsível sessão, a sociedade se retratava com o menino, pintando-o não como alguém menosprezado e indesejado pelo próprio pai, mas como um pequeno cordeiro chamado para o lado do Senhor. Conforme pormenores de suas diversas moléstias eram trazidos à tona, envolviam a história em revisionismo, tal como se o rapaz fosse um jardineiro que certa manhã tivesse descoberto que sua bela flor havia sido queimada pela geada de inverno. Aquela fora uma corola delicadíssima ao florescer, ameaçando a cada dia murchar ou se despetalar. Representava a esperança de a vida derrotar a morte. Quisera tivesse sido a natureza a lhe tirar o brilho das cores, em intempestivo ato. Mas fora o próprio jardineiro quem um dia, com tempo para matar, havia-a pisoteado. Agora estava ali a lhes implorar por perdão, com a cabeça entre as mãos, escondendo de si mesmo seus propósitos. Marginalizada a perícia do legista, restavam apenas os registros da época em que zelava pela flor, seu carinho e cuidado aparentes. Por consequência, naqueles autos ficavam gravadas apenas a beleza e as tentativas de preservá-la. Essas seriam as últimas palavras. O guri estaria vingado, à sua dócil maneira, do próprio genitor. Em uma escapada psicótica, via-se caminhando com o garoto pelo jardim que alentavam juntos — o calor da mão dele, dada com a sua, indicando confiança e doação em vez de rancor e dúvida. Andavam rumo ao topo, até o reino dos céus. Do alto de sua cadeira, a juíza pediu-lhe que explicasse ao tribunal o que se passava por sua cabeça naquele dia. Sua voz ecoaria pelo precinto. Falaria para acordar de seu sonho. Porém, engasgou-se. Balbuciou palavras sem nexo. Sentiu o poder da morte sobre a vida.

Diferentemente do primeiro julgamento em que o guri havia jazido fisicamente aberto para todos verem, porém o pai fora o acusado, desta vez a impressão que se tinha era que o menino estivesse sendo julgado — muito embora seu laudo houvesse sido, por definitivo, fechado. Justiça por inércia e às avessas. Sua aparência, sua stamina, sua saúde, sua disposição de ânimo, seu modo de vida... todos os aspectos de sua curta existência sob minucioso estudo. Discutiam sua finda condição como tivesse sido ele um boneco com defeito de fábrica. Assunto do dia na televisão, tópico de editoriais, conversa pequena da hora do jantar, brinquedo em mãos de crianças crescidas. Era o objeto ativador da catarse alheia. Gatilho. Vítima de homicídio — culposo — e ocupante do banco dos réus. Não era mais do que uma fonte gratuita de entretenimento e inspiração para pseudofilosofias, segundo as quais não passava de um mero não era para ser. Barato. A tudo acompanhava o holandês do degredo de sua residência e choraria, pudessem seus olhos produzir lágrimas. Não somente havia sido desde o início o espantalho um caso perdido, fora publicamente decidido que não poderia ser verdadeiramente resgatado. Quando o sol se põe atrás das montanhas, a escuridão se faz completa com extrema rapidez. Sim, poderia ser ele no crucifixo observando a todos naquela sala. Ao menos já havia provado que as tendências coletivas inconscientes que trouxera à tona demorariam diversas gerações para serem de fato compreendidas — talvez quando o mundo caísse mais uma vez em completo desalinho, em nova idade de trevas.

Saiu o rapaz do tribunal quase ovacionado, carregado nos braços das massas. O constrangimento do processo criminal, a reprovação social de sua atuação como pai, questionamentos sobre sua humanidade, a tudo suplantara com o perdão judicial que então recebia. Aos quatro ventos da mídia — microfones colados a sua boca — o promotor havia disseminado que, por ser biólogo, o rapaz deveria em seu âmago valorizar a vida. Mas que, em sua indecorosa demonstração de desprezo para com esta, teria provado ter por ela fundamental desdém. Essa não mais era a percepção pública. Como era incansavelmente reproduzido após sua popular redenção, era por definitivo visto como o sujeito que desesperadamente lutara contra a morte, mas que por ironia do destino vira a vida lhe esvair pelas mãos. O promotor não o questionaria em recurso. Em entrevistas, lembrava que também era pai e sabia que, àquela altura, o remorso era a maior punição que o rapaz poderia encontrar. O biólogo havia se tornado um exemplo de devoção e sofrimento, um símbolo daqueles que existem em nome de sua prole. De tal momento em diante, seria convidado para demonstrações, passeatas em nome de causas infantis. Conquistara o reconhecimento oficial de seu luto. Antes vencido, então era um vencedor e em sua desforra não se culpava como se esta houvesse acontecido à custa do menino. Pelo contrário, acreditava que havia limpado o nome dele, então tão ilibado quanto antes de toda aquela tragédia. Chegara até ali porque acreditava no que fizera, e assim não mais possuía um apartamento para o qual voltar. Em casa de sua mãe não devido a um convite, mas porque se havia enfadado com a família da mulher, todo o tempo do mundo estava à sua disposição para que pudesse se reelaborar. Colocar a cabeça sobre o travesseiro e dormir o sono dos justos, pois no estranho calor daquele momento se sentia quase quite com o filho. Não tinha de para mais ninguém prestar contas — nem à sociedade, e muito menos à mídia. E que o deixassem em paz!

Na aquietação dos ânimos, entretanto, o espírito não descansou. Como um pombo perdido em campo magnético, continuava a dar voltas arriscando-se a mais cedo ou mais tarde ceder à exaustão. Esperava, uma vez que a imagem do guri tivesse sido reparada, que poderia sentir a consolação de sua alma serenada — que, ao se pôr para dormir, seria capaz de se lembrar do sorriso dele, ou do som de sua voz, ou de imaginar conversas que nunca, de fato, haviam tido. Porém, as lembranças do menino eram cada vez mais vagas e evasivas. Já não conseguia lembrar exatamente de seu pequeno rosto, muito menos do tom de sua voz. Não mais. Em vez do morno acalmo desejado, era afligido com a crescente certeza de que não pudera segurar o ser amado que fugia. Como o agradecimento transcendental que esperava por seus imensos esforços para remediar os fatos tivesse se transformado na mais cruel indiferença. Eterna e quase sólida. Silêncio. Tentava encontrar a si mesmo, e assim ao garoto, mas meditação nenhuma era capaz de lhe trazer a paz que o paradeiro exterior parecia anunciar. Enquanto carregava o filho para fora do veículo, gritando desesperadamente por socorro, não conseguia ignorar a sensação de que, com sua falta de reação, o guri de alguma maneira o punia. Chegara a crer que, no horror daquele momento, esse seria seu último, breve ato. Uma represália, desígnio este que, por mais odioso, teria chegado ao fim quando a última gota de vida fugira do pequeno. Estava errado, pois, se por um período tinha sentido saudades e solidão, o eco de tal intenção parecia ressurgir com a força de algo que duraria pelos séculos afora. Queria se sentir nostálgico, como havia se sentido nos primeiros meses por mais dolorido. Mas sentia raiva e angústia. Seu derradeiro ato seria longo e arrastado.

Certa manhã, a casa se encontrava vazia e o mundo parecia passado e putrefato. A mulher não mais dependia dele para ir para o trabalho, a mãe passava tanto tempo quanto possível no endereço da filha. O próprio rapaz tentava se evitar. Era cedo, um dia escuro de início de inverno. Pesada e persistente névoa cobria as ruas — a terra saturada de água parecia chamá-la para perto de si, separando vivas almas umas das outras. A completa isolação era insuportável ao biólogo. Caminhava de um lado para o outro da moradia, estava em completo estado de desmazelo. Dias sem banho, a pele grudenta e oleosa. Entrou no banheiro claustrofóbico e sem janelas, ao redor do qual, cômodos adicionais do nada se haviam erguido. Acendeu a luz e se encarou no espelho. Seus olhos consternados. Por um momento, algo apanhou sua atenção. Um breve reflexo — era o menino, parado à porta olhando para ele. Por um segundo cruzaram olhares e já ele se havia ido. Saiu em sua busca pela casa, seguindo o eco de suas raras gargalhadas, vestígios. Ouviu vindo da frente da residência alguém que mexia no portão, e para lá correu atrás do espantalho. Ao chegar, pela grade pôde ver um grande vulto desaparecer na neblina. Caminhou até a calçada, mas ninguém conseguia ver ou ouvir. Somente silêncio e penumbra. Voltou o corpo em direção à residência e notou um volumoso pacote comprimido na caixa de cartas. Um grosso envelope, protegido por transparente película plástica. Abrindo-o, encontrou o que tanto procurava: o guri, extinto e mutilado. Indigno, a última ofensa. Sentou-se no meio-fio, a cabeça apoiada em uma mão enquanto com a outra folheava o dossiê — um estudo aprofundado e completo do padecimento que havia causado. Olhando para ele, era como pudesse se ver por dentro. Doeu.

Novamente caminhou com a certeza e obstinação que havia muito não demonstrava. Foi diretamente para o dormitório materno, sabia o que procurava. Com uma banqueta, alcançou o topo do guarda-roupas e lá uma caixa-preta o aguardava. Colocando-a sobre a cama, abriu e ali estava — limpa e preparada como o último dia em que o pai a polira e estocara, embrulhada em grossa flanela: sua solução. Levou-a à cabeça e sentiu o frio dos anos intocados em sua têmpora. Apertou o gatilho e um zunido explodiu em seus ouvidos. Nada mais viu. Saiu de si. Sentia-se vago e despersonalizado enquanto tomavam-no nos braços e falavam sobre si. Um pedaço de chumbo, o persistente zumbido. Foi invadido por incontrolável ânsia de vômito, contorceu-se e outra vez perdeu os sentidos. Quando novamente acordou, não sabia quanto tempo havia passado. Seus músculos estavam fracos e impassíveis, como tivessem se degradado. Levando os emaciados, longos dedos à cabeça, sentiu a depressão que haviam coberto com uma placa de metal. Ouviu, então, a voz da mulher. Estava ali. Não saberia ele, mas eram cinco e meia da tarde e, do lado de fora, as grossas nuvens haviam tornado o céu púrpura. O roxo reverberava em tudo, e escurecia a entrada e saída da bala em sua fronte. Queria estar morto, mas a mulher se responsabilizara unicamente por seus cuidados em seu exclusivo ambiente de trabalho. Ela se sentia em casa — ele, preso. Estava tão cego por fora como havia sido por dentro, e certamente jamais lhe permitiriam nova e perfeita oportunidade como a que havia perdido de encontrar o fim. Pela janela, podia-se ver que luzes quase que automaticamente se acendiam nos quartos e prédios vizinhos. Ele a tudo era indiferente.

Arrastado de volta à morada materna, não mais podia caminhar sem destino quando lhe vinha a grande opressão. Ligava o aparelho de TV e tentava se distrair com as distantes vozes. O silêncio e a eterna solidão causavam-lhe pânico. Hiperventilava. Suava frio. Mas, como artimanha cerebral, logo ouvia ao seu lado um contínuo e reconfortante som. Tal era a difícil respiração do menino, quando andava por todos os cantos e precisava se escorar nas paredes para se recuperar. O rapaz fechava os mortos olhos e tentava se conter. A casa repentinamente se enchia de vencida vida e ele se sentia amparado. Pequenos choques elétricos percorriam seus nervos. Seus pelos se arrepiavam. Podia quase ver o guri ali sentado a seu lado na poltrona, balançando os pequenos pés que não alcançavam o chão. Jamais alcançariam. Dependurava a cabeça e caía no sono, e assim podia brincar com ele enquanto o fôlego de ambos durava. Então se sentava. Pegava-o nos braços, colocava-o no colo e o fitava nos olhos. Via-se dentro de si, dentro de si, dentro de si, como constante espiral que não acabava nunca.

Este livro é composto na fonte Minion Pro, foi impresso em pólen natural 70 g em Viena Gráfica, São Paulo, Brasil, em dezembro de 2024.